残像

65年前の日本の光景

森 朝子

文芸社

◉目次

六十五年前の日本の光景

東北の山形市で生まれた朝一朝子《あさかずともこ》は、昭和十三年春、小学五年生になって大人用の自転車に乗れるようになり、面白くて仕様がなかった。

学校から戻ると、父や兄が仕事で使わずに自転車が家にある時は、重くて黒い実用自転車を乗り回しては遊んでいた。

仏壇の製造販売業を営んでいる父信太郎と、長兄の市太郎は、品物を運ぶのに自転車にリヤカーを取り付けて、出来上がった仏壇を、工場やお得意さまの家に運ぶのだった。工場からは、また新しい材料を仕入れて持ち帰っては、板の間の仕事場でトノコや漆を塗り、組み立てて金箔を貼りつけて仕上げる家内工業をしていた。

仕事場の奥が茶の間になっていた。茶の間の正面には、大きな柱時計が掛けられてあり、その横に昭和天皇陛下と皇后さまの写真が、小判型の形で飾られていた。皇太子が誕生すると、天皇・皇后さまの下に皇太子の写真も載ったものに代わって、飾られるようになった。

茶の間入り口近くに、長方形の長火鉢があり、その中にこれも長方形の鉄のゴトクがしつらえてあり、ゴトクの中に炭火が灯り、その上に鉄瓶《てつびん》が置かれて、お湯がシュンシュンといつもたぎっていた。

長火鉢の下が引き出しになっており、その引き出しの中にセンベイが入っていることがあった。その引き出しにセンベイを入れておくことによって、センベイを湿けさせないようにしていた昔の人の知恵だった。

朝子たちが学校から戻ると、祖母のたかがそのセンベイを、おやつに出してくれる。いつもパリパリしていて美味しかった。

父は、遠くは東京などに出張することがしばしばあり、雨の日や雪の積もっている時などは、二重マントにフェルトの中折れ帽子を被り、革靴の上からゴム製のカバーのような物を被せて履き、普段は長靴だが、出張する時はこのようなカバー付きのものを履いて出掛けた。他の人々がこのようなカバー付きのものを履いている人を見かけたことがないのに、〈父ちゃんは、オシャレなのがなぁーきっと……〉と見ていた。

父の出張からの帰りには、こんな田舎では見られない、珍しい土産を買って来てくれるのが、楽しみだった。

〈あぁーそうがぁー、あの革靴のカバーも東京で買ったのがぁー〉

朝子は一人で納得していた。

朝子が小学一年生に入学直前に、父は東京からの出張帰りに、赤いランドセルを買って来てくれた。ランドセルの中にセルロイドの筆入れと下敷きまで、母親すみが準備してくれて入っていた。

朝子は嬉しさに有頂天になっていた。大正最後の年に生まれたすぐ上の姉の喜美子は、小学四年生になろうとしていたが、まだ肩から斜めに掛けるカバンを使っており、いくら四年生になるとはいえ、姉もランドセルが欲しかったようだった。朝子の新しいランドセルを見てシクシク泣きだし、母親から慰められていた。その様子を見て、

〈おれ一人ばかりランドセルで悪いんだなー〉

と姉が無性に可哀相になったが、朝子はどうしようもなかった。朝子も悲しかった。

学校に入ってみると、姉のクラスの中にはランドセルを持っている者は、極少なく、殆どが姉と同じような肩から斜めに掛けるカバンだったり、ある者は縞《しま》の風呂敷に教材を包んでいる者もいた。着物にモンペ姿の学生も居り、まだ洋服を着ている人は、少ない時代であった。

姉の喜美子が小学一年生に入学した当時の国語の教科書は、いかにも大正時代らしい教科書といった白・黒のものだったが、趣があった。最初のページに書いてあったのは、『ハナ　ハト　マメ　マス　ミノ　カサ　カラカサ　カラスガヰマス　スズメモヰマス』といったもので、姉の喜美子は一生懸命に声を発して読み上げて、予習をしていた。その傍で朝子も口調を合わせているうちに、朝子の方がすっかり暗記してしまい、母親と祖母が大笑いするほどになってしまった。

昭和一桁生まれの朝子が、小学一年生になったら、国語の教科書は色刷りになっており、『サ

イタ　サイタ　サクラ　ガ　サイタ』『ススメ　ススメ　ヘイタイ　ススメ』に替わり、挿し絵まで色刷りで、桜が満開の絵と兵隊が鉄砲かついで行進している絵が載っていた。昭和の時代になって画期的に変化したものになっていたが、一年生のうちから、兵隊が鉄砲をかついでいる絵は、軍国主義を最初から、全国民の身に植え付けさせるためのものだったのだろうか？

姉が学校に入った当時は、尺貫法の最後の頃の教育に当たり、メートル・キログラムのはしりでもあった。朝子が入学した時には、教科書から尺貫法はすっかり姿を消し、メートル・キログラムの時代に入っていた。大正時代の終わりと、昭和時代の入り口がこのようなところにも見られた。しかし、現在も穀物類を一合、二合と計っているのは尺貫法の名残りなのだろうか？

ある日曜日、姉の喜美子と弟の浩司と朝子の三人で、見せ物小屋の見物に行ったことがあった。派手な衣装を着た芸人たちが、綱渡りや宙返り、樽回しや猿を使った芸などがあった。その中に小人がいて、小人といっても顔は大人の男性だったが、身長が極端に低くて足が短く、特にそれらしい芸はしなくて、チョコマカチョコマカと舞台の上を往ったり来たり、面白い動作で動き回っている。

見せ物小屋の中の別の人の説明によると、「小さい時に売られて、見せ物にするために、特殊な方法を使って、このような体に改造された哀れな人なんです」と言う。

〈世の中にこんなことが、本当にあるんだべぇがぁー。信じられないげんどなぁー……〉

朝子は説明を聞いて、考えてしまった。

〈またこのことは、後になってからわかったことであるが、大正終わり近くの関東大震災から、昭和の初めにかけて人身売買が、闇の中で行なわれ、どれも生活苦から起きたことだそうだが、捨て子も多かったと聴いた〉

見せ物小屋では、黒人を使ったショーが始まり、黒い肌の人間など初めて見た朝子は、舞台の上で、石けんを使って頭のてっぺんから足先までゴシゴシ擦られても、自分たちと同じ肌色にならない黒い肌を持った人間なんて、この世に存在しているのかと半信半疑で、家に戻る途中でも、姉の喜美子も、「ほんてん《ほんとに》あんな人間なんて、いるのがなぁ」と信じられないといった表情をしていた。弟の浩司も「あんなの初めて見たがら、分がんない」と言うばかり。

家に戻って来てからも、黒い人間の存在が不思議で、信じられなかった。母親も、「そだな黒い人なんて、母ちゃんも見だごどないがら、分がんない」と言う。

夕食時、長兄の市太郎に聴いてみた。

「地球の反対側に、いつでも暖《あ》ったがい国があって、雪なんか降らない南洋があるがら、そごら辺に、日本人と違った肌色で、黒い人がいるらしいよ」

「ふぅーん、そんだら、その黒い人、どうやって日本まで来たんだぁー」

「船で来たんだべぇなぁー、きっと」

「ふぅーん、あぁそうがぁー。おれ、前に教会の宣教師の人の、子供ば見だごどあるぅー、その子供たち、道の端っこに三人で立っていたんだげんども、日本人よりずーと色が白くて、透き通るみだいな肌色しでいだぁー。黒い人ば初めで見だがら、びっくりしたぁー」

傍で姉の喜美子も弟の浩司も、
「おれたちも、初めでだなぁー」
った。
翌日登校すると、同じ見せ物小屋を見ていた、同級生の千鶴子ちゃんと休憩時間にその話にな
「おらんどごの、兄《あん》ちゃんも言ってだんげんども、この地球には、いろんな肌の色をした人たち
がいるんだどぉー」
「黒い人もいるって、分かったげんども、後、どんな色の人たちが、この地球にいるんだべぇー
なぁー。西洋人って、色が白くてきれいなんだなぁー」
「んだよ《そうだよ》ぉー、西洋人て鼻が高くて男の人も色が白くて、髪の毛が金色だし、目の色も蒼いんだ
よなぁ、ビー玉みだいなんだよなぁ、おれも一度見だごどある。おれたち日本人と違ってるよな
ぁー」
「あの黒い人ば初めて見て、びっくりしたよなぁー」
「おらもんだ《おれもそうだ》ぁー、びっくりしたぁー。あんな色の人がいるんだなぁー」
朝子の通っていた小学校には、大きなプールがあった。夏休みになると、姉のお下がりの水着
を着て、姉と一緒にプールに行くが、泳ぐことができない。プールの縁に摑まって体を伸ばし、
足をバタつかせるが、一秒たりとも両手を放すことができない。

姉の喜美子は見兼ねて、朝子の両手を取って教えようとするが、プールの中央まで行く自信がなく、姉にしがみ付いてしまう。姉は、「おれに、そだいに《そんなに》ぎっつく抱きつかないで、力ば抜いでぇ……」と言われてもできなかった。姉も何回教えてもできない朝子を、あきらめてしまったように、友だちのほうに行って自由に泳いでいた。

〈憶えられない……駄目なのがなぁー〉

一人しょんぼりプールサイドに上がって、座っている時間が多かったので、水着の尻がコンクリートに擦れて薄くなり、次第に穴がいくつも開いてしまう。家に戻ると母は、「お前の水着は、なして毎年、尻に穴が開いてしまうんだぁー」と、姉の水着と比較して、不思議に思っている様子で言う。

「んだってぇ、姉ちゃんのお下がりだもの」

朝子は咄嗟ではあったが、今まで親に反抗などしたことはなかったが、この時ばかりは、なかなかの名案が口をついて出たものと、自分ながら驚き、自信を持ってしまった。

この朝子の言葉に、母も笑ってしまうより外なかったようだった。こんなところに自信を持っても、泳ぎは一向に上達するどころか、あきらめの状態になってしまい、とうとう泳ぐことができずに、現在まで至っている。

朝子の家に蓄音機《ちくおんき》が在った。手で螺子《ねじ》を巻き、大きなレコードをかけている途中で、螺子がなくなりかけると、音程が間延びしたようになり、急いで螺子を巻かなければならなかった。

現代のように電気で、スイッチ一つで針がレコード盤の上に自動的に載り、終わったら元に戻るものではなく、総て手動で行なわなければならないものだった。

その当時としては、各家庭に蓄音機などはあまりなかった時代、皇太子（現在の天皇）が誕生した時のレコードは小型だったが、父はいち早く東京から買って来てくれて、その他の童謡などのレコードと、蓄音機にかけて聴いて遊んでいた。

その傍にハンモックが掛けられており、遊び疲れると、ハンモックの中で眠ったりしたが、蓄音機で遊んでいる時は、手動のためハンモックで昼寝することができなかった。

この当時で一般家庭で音の出るものといえば、蓄音機を除いての楽器は、ハーモニカくらいだった。

ピアノなどは学校の音楽室で見るだけで、もしも家庭に在ったとすれば、億万長者宅くらいだったろうか？　一般の人たちは億万長者の家を覗き見ることもできなかったので、その存在は分からなかったが、現代のように、タテ型のピアノが各家庭にあるのとは違って、音楽に対してあまり重きをおいてなく、ハーモニカ一つ在れば、その当時の子供たちは満足していた。

オルガンは教会に行けば見られたが、教会には縁がないので、触れたことはなかった。

二階は、六畳二間と八畳間があり、朝子たちの勉強部屋でもあり、遊び場所でもあり、夜になると寝る部屋でもあった。

勉強部屋といっても、この当時は座って使う文机《ふづくえ》というものが多かったが、朝子の家には、なぜか腰掛けて使う机があった。

兄弟が多いのに、それも一つだけだったので、早く学校から帰って来た者から順に使わないと、食事時に使う卓袱台《ちゃぶだい》で、宿題をしなければならなかった。

夏になると、ハンモックを吊ってある釘に、蚊帳が吊られる。蚊帳の中で大はしゃぎをして遊べるのが楽しみだった。

姉の喜美子と弟の浩司を交えて、蚊帳の中で寝るまでの間、よくトランプや双六《すごろく》、カルタ取り、しりとり等をして遊んだ。

母親すみは女だけの三姉妹で、一番上の姉は東京で生活している『しま』で、二番目の姉は、同じ山形県内の酒田市で所帯を持っている『ます』で、三番目が朝子たちの母親の『すみ』である。

この三人の名前がしりとりになっているので、しりとり遊びをしていて、誰かが「し」で終わる言葉になると、次の者はすかさず「しま」、次の者も待ってましたと言わんばかりに「ます」と続け、次になると「すみ」と母親の名前になると、三人で転げ回って大笑いしてしまう。

いつか祖母に聴いたことがあった。母親すみの実母である祖母のたかは言う。

「生まれてくる子供がぁー、女子《おなご》ばっかり次々だったんでぇ、死んだじいちゃんが考えだんだげんども、自然としりとりみだぐなってしまったんだぁー」

それを聞いた朝子たち兄弟姉妹は、「昔は単純だったんだなぁー」と大笑いしてしまい、母親すみも苦笑していた。

それ以来、しりとり遊びの中に取り入れてしまい、母は「また始まった」といつものことに、慣れ切ってしまい、苦笑していた。

蚊帳の中で騒ぐので階下まで響き、よく母親から「あんまり二階で、ドタンバタン騒ぐなよぉー」と叱られたものだった。


そんな家庭に育った朝子は、父・母・三人の兄と、一人の姉・一人の弟と祖母に囲まれて、特に不自由さも感じずに生活していた。


祖母のたかは、茶の間で鼻眼鏡をかけて、孫の朝子たちの足袋や靴下や、衣類のかぎ裂《ざ》きしたものを繕《つくろ》ってくれていた。

冬は掘ゴタツに入って繕い物をしている途中で、よく居眠りしていた。傍でラジオが浪花節を放送していたが、祖母はそれを聴いていているうちに、居眠りをしてしまうようであった。鼻眼鏡が落ちそうになっているので、朝子は外してやろうと眼鏡に手をかけると、驚いたような顔をして目を醒まし、

「あぁ朝子、来たがぁー、待ってたんだぁー糸巻きするがら、手伝ってけろぉ」

木綿糸は、毛糸と違って細くて長時間かかるので、好きではないが、大好きなばぁちゃんだから、その手伝いならコタツに入って、ばぁちゃんと向かい合って出来ることだから「うんいい

よ」と、ランドセルを脇に置いてコタツに入る。このような時にばぁちゃんのトントン昔（昔話）を聴くのが好きだった。何回も聴くトントン昔でも、何日か前に聴いて繰り返される話でも、ばぁちゃんのトントン昔は面白かった。

次第に糸が巻かれていくうちに、いつものことだが腕がくたびれてくる。そうなると朝子の腕のペースが落ちて、糸が手背にひっかかって、なおさら時間が掛かるようになる。

「ばぁちゃん、くたびれたがら、足に架けるがらなぁー」

ばぁちゃんの傍近くに行って両足を伸ばし、その足に糸束を架ける。そうすると腕は休まるが、コタツに入れないので、背中と足が冷えてしまうけれど、トントン昔を聴くのが楽しくて、宿題も忘れて聴いていた。

長火鉢の後ろに茶ダンスがあり、祖母はその茶ダンスの中の小さな壺を時々出しては、お歯黒を染めていた。朝子は不思議でならなかった。「なして歯ばわざわざ黒く塗るんだぁー」といつか訊いたことがあった。

「お歯黒をすると、虫歯にならないがらだ」と言う。

「ふぅーん、そだなごどがぁ《(そんなことかぁ)》ー、歯磨きしなくともいいのがぁー」

「歯磨きはするげんども、だんだん剥げてくるがら、塗り直しばするんだぁ」

「わざわざ黒くするなんて、変だぁー」

よその家のおばぁさんの中には、お歯黒をしている人など、めったに見られなかった。

〈このおたかばぁちゃんも、おしゃれなんだな、きっと〉と子供心に感じていた。

また祖母はその茶ダンスの中で、数匹のカイコを飼っていた。桑の葉は近所の桑畑の所有者から頒けてもらっていた。

ある朝、その茶ダンスの戸が開かなくなってしまったことがあった。母も、「なして開かなくなったんだべぇー」と一生懸命に開けようとしたが、開かなかった。

そのうちに兄たちが起きて来て、どうにか開けたところ、茶ダンスの四隅に、カイコがびっしり巣を作り、繭《まゆ》が出来ていた。家中全員がびっくりして、祖母までも声が出ないほどに、驚いてしまい、

「カイコもこだな処《どこ》で、切なかったべぇなぁー。んでもよく繭になってくれたなぁー可哀相になぁー」と皆に謝っていた。祖母には気の毒だったが、茶ダンスが開いた安堵感と、繭に皆は大笑いしてしまった。

朝子がまだ小学生になったかどうか、昭和何年だったのかもはっきりしないが、夏休み中にすごく暑い日があったことを記憶している。

その当時朝子の家には、まだ扇風機も無かったので、大人はウチワを使っていた。

朝子は子供心にも〈今日はいつもより暑いなぁー〉と感じて、裏庭にタライを出して水を張り、行水をして遊んだ憶えがある。

そこへ大きなガマ蛙がひょっこり出て来たので、捕まえてどこに飼っておこうかと見渡すと、何に使っていたのか分からないが、茶色の大きな瓶《かめ》が、雨水なのか八分目くらい水が入っていた

のを見つけ、

〈丁度いい、この瓶の中で飼っておくべぇ〉

蛙は瓶の中で水に潜ったり、目だけ水面に出したりしていた。

夕食後、蛙はどうしているか見に行った。目だけキョトンと水面に出して両手を広げ、後足二本もだらしない格好で伸ばして、浮いていた。

〈蛙は両生類だから、水の中にばかり入ってたのでは可哀相だ。時々水の中から出たい時だってあるがも知んないなぁー〉

家の中の竈《かまど》の焚《た》き付け用の、材木の屑が入れてある小屋を見ると、丁度カマボコの板くらいの大きさの木片があった。

〈丁度いい、蛙が時々この木片に上がって、休める〉

木片を瓶の中に入れてやった。

翌朝、目が醒めるとすぐ、〈蛙なにしているがなぁー〉と見に行ったら、瓶の中には木片が浮いているだけで、蛙の姿は無かった。

〈あぁ、木片を入れてもらったんで、これ幸いと木片を利用して、ジャンプして逃げて行ったんだぁー〉

朝子はがっかりしてしまったが、

〈んでも蛙はいいなぁ、最初から水の中で生まれたがら、水が怖ぐないだろうし、生まれながらの水泳の選手だもんなぁ、陸でも生活できるし〉

朝子は蛙が羨ましかった。

後になってから分かったことだが、この暑かった日の気温は、四十度八分もあって、山形は四方山に囲まれた盆地のため、冬は寒く夏は暑い地形だった。

〈平成十四年の現在になっても、まだその記録は破られていないと、聞いている〉

家の裏手の方に、誰の土地なのか分からなかったが、広い土地にお稲荷さんが祭ってあった。稲荷社《やしろ》の前に赤い鳥居が十五本も並んでいた。

そこも近所の子供たちの遊び場になっていた。輪になって、

〽かーごめかごめ　籠の中の鳥は、いついつ出やるぅ、

夜明けの晩に、鶴と亀がすぅべったぁ、

うしろの正面だーれ？……

かくれんぼをするにも、格好の遊び場だった。

春の天気のよい日に、祖母とナズナ摘みに行ったことがあった。家からしばらく歩いた処で、広い野原に出た。そこにはナズナが一面に出ていた。祖母も朝子も夢中で摘んだ。

何時間くらい経ったのだろうか。持ってきたカゴにいっぱいになって祖母は「こだいいっぱいになったがら、家さ帰るがぁー」。土筆も摘んできたので、家に戻り仕分けをすると、母は早速茹でて、夕食の食卓に出した。「このナズナは大きぐなるどぉ、ペンペン草になるんだぁなぁ」と、初めて聴かされた。

夜、布団の中に入って目をつぶったら、一面の野原にナズナが目の奥に映って、いつまでも消えなかった。

秋も一段と深くなると、アケビは薄紫色に熟して口がパックリ割れる。中から白い綿のようなものに包まれた粒々の黒い種が見える。綿のような白いものは口に入れると、甘味があって美味だが、黒い種は「ペッ、ペッ」と吐き出して、皮だけになったアケビに、母は糸を通して軒下に吊しておく。真冬に食料が少なくなった時のための食料になる。

硬く乾燥したアケビの皮を、水に柔らかくなるまで浸してから、少々の油をひいたフライパンでこんがり焼く。それに甘く調味した味噌を塗って食べると、アケビのほろ苦さと、味噌の甘さが実に調和して美味しいものになる。

あれは確か、小学二年生の時だったと思われるが、授業参観日に母親が来てくれた。

母親だったので嬉しかったが、縞模様の普段着の着物を着て、同級生たちの母ちゃん方に比べると老けて見えた。白髪まじりの髪の毛を後でひっつめてまげにしているせいばかりでなく、〈なして、おれの母ちゃんは同級生の母ちゃんたちと違って、年とってるんだべぇなぁー、皆同じ学年なんだげんど、なしてだべぇ《(どうしてだろう)》なぁー〉朝子は不思議でならなかった。

そんなある日、弁当を食べている時から、急に雨が降りだして、市太郎兄が教室まで傘を届けてくれた事があった。それを見て同級生たちが、「おまえの父ちゃんかぁ?」と聞かれ「うぅん一番上の兄《あん》ちゃんだぁー」と言ったら、「おまえんどごに、あんなに大っきい兄ちゃんがいたのがぁー」と言われ、〈あぁそうがぁー、皆は長女とか長男とかの、兄弟でも上の方だがら母ちゃんが若いんだぁー〉と、この時ようやく納得出来た。

この当時ポックリ下駄が流行していた。朝子も他人が履いているのを見て「欲しいなぁー」とは想っても、ついぞ買っては貰えなかった。

朝子が入学をした小学校の建物は、鉄筋コンクリートで出来ており、窓も今まで見たこともない洋風の作りで、各教室には電気ストーブも設置されてあり、なかなかハイカラな建築で、珍しいプールもあった。

小学一、二年生は、男女共学だったが、三年生になると男女別に分けられた。昔の諺にある『男女七歳にして、席を同じうせず』の言葉のようだった。

他県から転任になった男性教諭になった。その教師は、この小学校のことを、

「この学校は、鉄筋で出来ていてすばらしい学校だが、県で借金をして建てた学校だから、借金コンクリートなんだ。また、お前たちの喋っているのを陰で聴いていると、まるで喧嘩でもしているみたいに聴こえる」

と言って皆を笑わせ、先生自身も笑っていた。

一年生入学時より、石板《せきばん》・石筆《せきひつ》を使った。間違って書いても簡単に消して、何回も使えるこの道具は、物資の不足している時代の代物であった。

初めて遭遇したチカン

前年の小学四年生から、父たちが自転車を使っていない日に練習をしていた。

その当時は、婦人用とか子供用の自転車などは無かった時代。唯一の男性用の、しかも朝子の家に在った自転車は、実用自転車だった。まだ小さな朝子にとっては、思うように自由には扱えない、重い自転車だった。

母親すみの心配をよそに、勉強などはそっちのけでろくにせず、好奇心いっぱいの朝子は、毎日のように練習をしていた。

〈今日も自転車、空いてますように〉と願って、学校から戻ってくると、母親から、「朝子、鰹節《かつおぶし》かいてくれないがぁー」と頼まれる。鰹節削りは、大工さんが使うようなカンナが逆さまになって箱の上にあり、その下が引き出しになって、鰹節が削られると、その引き出しに溜まるようになっているもので、鰹節自体が細くなって小さくなると、なかなか削りづらくなるもので、早く遊びに行きたい時ほど削れなく、まどろっこしいものだった。

またある日には、「父ちゃんの酒買って来てくれないがぁー」と頼まれる。計り売りを買うので、縞の風呂敷に包んだ一升瓶を抱えて、買いに行かなければならない。これほど嫌なお使いはなかったが、「嫌だ」とも言えず、〈嫌なものは、さっさと済ませるようにするべぇー〉と自分に言い聞かせて、酒を買いに行くようにした。逃げ口実や、嘘をつけるほど頭が回らなかった小学生の朝子だった。

〈自分がこの使いをしなかったら、誰かが行くことになるんだから……回り回って誰かが行くことになる。これは仕方ないんだ〉

その当時は、まだ家の中に水道がなく、家の裏手の三軒先に共同の井戸があり、近所の小母さんたちが米を研いだり、タライで洗濯をしたりして、お喋りをする溜り場になっていた。井戸端会議の場であった。

夕方、朝子の手伝いの一つに、風呂の水汲みがあった。その井戸から手桶二つを両手に持って、井戸の把手《とって》をギッコンギッコンと漕《こ》いで、水を手桶に汲み上げて、家の鉄砲風呂桶がいっぱいになるまで、何回も往復しなければならない。傍で米を研いでいた近所の小母さんが、

「朝ちゃん、風呂の水汲みがぁ?」

「うーん……」

「精が出るなぁー、偉いなぁ朝ちゃんはぁ」

と声を掛けてくれる。風呂桶に水がいっぱいに溜まると、家の中の台所にも手桶に二つ水を汲んでおく。

その井戸端に、いつの間にか、井戸と反対側に水道が取り付けられた。

「母ちゃん、今度水道が付いたんだなぁー」

「貞ちゃんどごで、疫痢《えきり》っていう伝染病が出たんだどぉー。たぶん井戸水が原因でないがぁーって……それで水道になったんだどぉー、井戸水使えなぐなったがらなぁー」

「ふぅーん、井戸を漕ぐよがずーっと楽になったぁー。いっぺんに、両手で桶を持って来られるがら、早くなったぁー」

「両手さ持って来られるようになったごどは、おまえが大きぐなったがらだべぇよー」

「んだなぁー《(そうだな)》、フフフフフ……」

台所と風呂場と並行している反対側に、竈《かまど》があり、大きな飯釜《はんがま》で母はご飯を炊いていた。

「風呂の水、いっぱいになったのがぁー」

「うん、終わったぁ」

「ご苦労さんだったなぁー」

母は竈の傍の七輪で、炭火をおこしてサンマを焼いており、煙が茶の間まで漂っていた。風呂に最初に入るのは、家長である父と決まっていた。父より先に入ろうものなら、大変なお目玉を喰《く》らうことになる。

封建時代の道徳尊重で、家長を重んじ親をうやまう教育の時代。それが当たり前で、風呂に限ったことでなく、総てがそうであった。

共同井戸端を中心にして、反対側の貞ちゃんの家に、保健所の人が来て消毒をし、貞ちゃんは病院に隔離されてしまった。

この貞ちゃんの伝染病騒ぎで、各家庭では、水を沸騰させて冷まし、一升瓶に入れて水桶に何本も冷やして、蒸留水を作らなければ、水が飲めなくなり、母の仕事が増えることになってしまった。

この伝染病の事件が一段落した頃に、朝子の家では風呂桶を新しく取り換えることになった。新しい風呂桶もやはり鉄砲風呂だったが、桶は白木の香がした。木の香など初めてだったので、〈なんていい匂いなんだべぇー。こんな匂いの風呂に入れるなんていいなぁ〉と一人よい気分に浸っていたら、父が、

「これさ『柿シブ』塗るがら、今日は家の風呂さ入られないがら、皆、風呂屋に行げぇ」

ということになって、物心ついてから初めて銭湯に、母と姉の喜美子の女三人で行った。

銭湯は広くてお湯がザブザブとふんだんに使えて、気持ちが良かった。

〈何だぁーお湯屋もいいなぁー、家の風呂時々使えなくなったら、また、このお湯屋さ来られるんだ〉

朝子はすっかり銭湯が気に入ってしまった。

夏空に精いっぱい羽を広げて、悠然とトンビがピーヒョロピーヒョロロと鳴きながら旋回している。ツバメも巣作りに、自分の好きな場所を探している様子だ。どこの家の軒先に決めるのか。

のどかな田舎の光景である。

母親すみは、無類の映画好きであった。

〔今想えば、ただの映画好きだけでは片付けられないものがあったように感じられる。現在の言葉を借りて言えば、ストレス解消だったのかも知れなかった〕

日曜日に、

「朝子ー、活動写真観に行ぐがぁー」

「うーん、行ぐぅー」

母と連れだって歩くにも、朝子はいつも母親の着物の袂《たもと》の端を摑んで歩くので、その都度母は、「おまえったらぁー、いっづも袂ば摑んでぇ、重だいったら重だいったら……離せぇ」「ウフフフフフ」と笑ってごまかす朝子。母親と一緒に街を歩くのが、嬉しくってならないのだった。

映画はその当時、ワイズミューラーのターザンとか、チャップリンの無声映画や、エノケン(榎本健一)の時代劇が多く、映写幕の近くに弁士さんが座って、映画の画面に合わせて喋っていた。

エノケンの忍者ものの映画を観た時、壁に吸い込まれたように姿が消えて、壁の向こうに出て来る。

〈へェー、エノケンは、本当の忍術使いなんだぁー、すごい人なんだぁ、きっと〉

カメラのテクニックであることなどは、全く知らなかった朝子は、本気でエノケンは忍者と思い込んで、しばらくは感心して信じていたが、それからだいぶ経ってから、カメラの操作で人間を消したり、別の処にまた現われたりできることを知るまでは信じて疑わなかった。

洋画も迫力があって朝子も好きだったが、まだ吹き替えなどになってなく、字幕スーパーだったが、母は洋画も好きだったとみえ、字幕を読みながら観る映画に、満足していた様子だった。嵐寛寿郎や市川右太衛門（現在の北大路欣也の父）や坂東妻三郎（現在の田村兄弟の父）などの全盛期だった。

現代物では佐野周二（現在の関口宏の父）佐分利信や林長十郎（後の長谷川一夫）や入江たかこ、栗島すみ子なども、白黒の映画だったが、自分たちが着ている物と違っているので、〈こんなに良い衣装が、世の中に有るんだぁー〉と興味を持って、ただうっとりして観ていたものだった。またある別の日に、映画を観に行くことになり、朝子も小学五年生になって身長も伸び、母親と同じくらいになっていたので、母は、「活動写真ば観に行ぐのに、身長だけで大人に間違えられるがら、この帽子被って行ぐべぇ」と毛糸の帽子を被せられた。

映画館は割合空いていた。朝子の右の座席に母が座り、映画が始まって観ていたら、しばらくすると空いていた左側に、若い男性が座った。

〈こんなにいっぱい座席が空いているのに、なして《どうして》隣に知らない男が……〉

とは思ったが、〈母も傍にいるがらぁ……〉くらいに思って別に気にもせず映画を観ていた。

それから何分か経った頃、朝子の左大腿部に、隣の男性の手の平がソロソロと這うように動かしている。朝子は《ウワー……》と大声を上げたい衝動にかられたが、大衆の手前、〈こんな場合、どうしたらいいんだぁー？　母に話すのも一つの手段だげんども……そうだぁ……〉と朝子は、咄嗟にその男性の手背を、爪を立てて思いっきりつねり上げた。その男性は驚いたように慌てて立ち上がると、声を上げることもせず、手背を擦りながら元の席の、友達が待っている席に戻って行った。

映画が終わっての帰り道、母は、

「さっきの男の人、おまえの隣に座っていだ人、何だったんだぁー」

母も知っていたのだ。

「変な知らない男《ひと》。あんなごどされたんで、どうしたらいいがなぁーって思ったんだげんども、あの人のここば（と言って手背を指して）思いっきりつねってやったら、跳び上がって行ってしまったぁーウフフフフフ」

母も歩きながら笑い、家中が集まる夕食の時、母は映画館で起こった朝子の出来事を、皆に聞かせて笑い、祖母のたかも兄弟たちも大笑いしていた。

晩酌をしていた父親までも、

「朝子も、大人に見られたんだべぇなぁー」

〈うん？　大人に見られたぁ？　へぇー大人になったら、まだまだいろんな事に出喰わすのがなぁー……へぇー……〉

次兄の倉次も傍から、

「だげんども、その男、傍に母親がいるのに、図々しい奴だったんだなぁー、ハハハハハ」

長兄の市太郎も、

「映画館の中で、暗がったがら、親が傍にいるとか、分がんながったのが、親がいてもただ、いたずらして見だがったのが、バカな奴だなぁー」

「その奴、明日あだり、朝子がら爪立てられだどご、大っきなアザになるがも知んないなぁ、ハハハハハハ」

「それにしても、朝子も度胸があったもんだなぁー」

「おれ、あだな《あんな》目さ遭ったの、初めてだったがら、何していいが分がんながったがらぁ」

その日の夕食時は、なおも兄弟たちの話はいろんな方向に発展して、まだまだ笑いが止まらない。今までにない、一番賑やかな夕食になってしまった。


夕食にサケが出ると、どうしても中骨が残る。その骨を母は長火鉢の炭火で、金網を乗せてカリカリに焼いてくれる。センベイのようで美味しいものだった。

また母は、どぜう（どじょう）の出回る時期になると、味噌汁の中に野菜と一緒にどぜうが、そのままの型で、何匹も入っているのが、たまらなく嫌だった。その都度母から、「どぜうは滋養があるんだがら、喰えよ」と言われる。

〈どぜうが形になってなくて、切り身になってたら、喰えるがもしんないげんども、それにどぜうはニョロニョロして気味悪いがら嫌なんだよなぁ〉

いつもどぜうの時は、母の隙をみて弟に食べさせていた。

サケの焼いた中骨にしろどぜうにしろ、その当時の貴重なカルシュウム源だった。

連隊に通じる道路と、朝子の家の前のメイン道路の角近くに、救世軍の制服を着た人たち二、三人が、三角の支柱を立てた中に、黒くて大きな鉄鍋が下げてあり、よく太鼓を叩いて歌をうたっていた。その鍋の中に小銭が入っていることもあった。

〈救世軍って何をする人なんだべぇー、時々来て歌をうたったりして、この場所はあまり人通りもないのに、立っているげんども、小銭がさっぱり入ってない日もあるげんども、そのうち、誰がに聴いてみるべぇ〉

この同じ道路の角近くに、突如として簡単な屋台が作られる。朝子たちは、〈このおじさん、ここで何してんだべぇー〉と見ている間に、屋台が出来上がりバナナが箱から出されると、おじさんは屋台をバシッバシッ叩いて、バナナの叩き売りを始めた。

〈バナナって、こうして売るものなのがぁ〉

初めてバナナの叩き売りを見て、朝子は、〈世の中には、自分が知らないものって、いっぱい有るんだなぁー〉驚くことが多かった。

バナナとか、寄せ豆腐などは、病気でもしなければ食べられない、高級品だった。

別の日の同じ場所に、今度は〔バクダン屋〕が、リヤカーに大砲の形をした物を積んできた。その大砲のような物は、細い金網のような物で作られてあり、この当時は多分、薪を燃料としていたものと思われるが、お米とお金を少々渡すと、おじさんはお米を金網の中に入れて、傍に取り付けてあるハンドルのような物を回す。しばらく経つと、おじさんの声掛けで、傍の子供たちは一斉に両手で自分の耳を塞ぐ。すると大きな大砲のような音がして、中のお米がふっくらとしたものになって出てくる。それに甘味を少々つけてあり、あんなに硬かったお米が、倍以上の大きさになって、サクサクした歯ごたえになって、美味しいものに変わる。見ていても面白かったが、食べても美味しかった。懐かしいものの一つである。


朝子の父親は、活動写真を観るよりも、芝居見物のほうが好きだった。

父は、兄や姉と一緒に芝居見物に行っていたかどうか、分からなかったが、朝子は時々父のお供で芝居見物に、連れて行かれた憶えがある。

芝居小屋は、街から離れた場所にあり、交通の便もよくなかった。母が作ってくれた夕食の重箱二つを抱えて、持って行った。

芝居小屋の桝席に座ると、父は早速、酒を飲み始める。隣の桝席に座った見知らぬ男性に、誰彼なく声をかけ、酒の相手にしてしまう。酒好きな人などは喜んで、相手になってくれるが、〈父ちゃんは、こんなどごに来てまで、酒など飲んでいるげんども、芝居観に来ているというごどよりも、よその人と一緒に酒ば飲みたくて、お大臣さまにでもなった気分なのがなぁー。父もお人好しなのがなぁー、それとも、相手の欲しい寂しい人なのがなぁー〉

朝子は一人でおむすびを食べ、何回かこうして芝居を観に来ていたが、芝居のタイトルとか、役者さんが誰だったのかまではよく憶えてないが、『目玉の松ちゃん』のタイトルだけは、鮮明に憶えている。

この当時、母は映画で、父は芝居で娯楽を求めていたものと思われるが、両親が揃って映画鑑賞とか、芝居見物に行ったのは見かけたことがなかった。

また父は、冬の夜更けになると、白装束のお坊さん四、五人が、うちわ太鼓を叩いて托鉢に来ると物を上げたり、少々の金を上げたりしていた。それで、そのお坊さんたちは、いつも朝子の家の前に止まって、長々と太鼓を叩いてお経を唱えて、拝み、おじぎをしていた。お坊さんたちの托鉢があるのは、冬だけだった。この寒い雪の降るのに、白い足袋に草鞋《わらじ》、三角の笠を被った薄着で、手には手甲《てこう》をはめているだけの、毎年同じ格好だった。

〈冷たくないんだべがぁー、寒くないんだべぇがぁー。同じ人間なんだがら冷たくて寒いはずだよきっと……。だげんどもお坊さんは、特別な人なんだべがなぁー〉


東北の冬は雪が多く、会社に出勤する人たちはゴム長靴で、女の人たちはモンペを履き、マントを羽織って高下駄を履いており、『雪の朝　二の字二の字の下駄の跡』の時代だった。

朝子たちも学校には、ゴム長靴にマントで登校しているのが普通だった。

雪が道路一面に積もったときは、学校から戻ると、雪ベラで雪を掻き集めて、小さな坂を固めて作り、手製の竹で作った簡単なミニスキーの上に長靴を乗せて滑り、また竹下駄といって、妻の掛かっている下駄の下に、何本もの細い竹を貼りつけたものを履いて滑る女の子や、橇《そり》に小さな弟妹を乗せて子守をする同級生もいたり、雪ダルマを門松のように家の傍に立てたりもした。

雪を漕いで友達と、鬼ごっこをしたり夢中で遊んでいると、スカートの裾に雪の表面がこすられて、そのまま凍ってしまい、長靴の中に雪が入って、ぐしょぐしょになったまま家に戻ると、母は、

「明日、学校さ履いて行ぐのに、どうすんだぁー、さっさど脱いで乾がさないど、間に合わなくなるがらぁー。長靴さも新聞紙ば丸めで入れでおげぇー。何だっててぇこだい《（こんなに）》になるまでぇ」

母はあきれ顔して始末していた。

その当時の暖房といえば、掘ゴタツに長火鉢の炭火くらいなものだったので、スカートをそのコタツの中に広げて入れ、長靴はゴムなので、新聞紙を詰め込んで、コタツの入り口のところに横にして、朝まで置いておく。

大晦日になると、小屋から石臼が出される。大晦日の夕食後から、勝手口に石臼が台の上にしつらえられて、餅搗《つ》きが始まる。

父も杵をもって搗いたが、兄たちも交替で元日の朝まで続いた。母と姉は竈の前に座って、餅米を大きな飯釜で、何回もセイロで蒸《ふ》かさなければならなかった。

大晦日に搗いた餅は、お供えの大小の鏡餅になったり、のし餅になったが、元日の朝に搗いた餅は、朝食に出される。納豆やきな粉、あんこ餅になったり雑煮になって出される。

父は無類の餅好きであった。そして母はとても手が器用だったので、元日の餅になると、母は手にいっぱいの搗きたての餅を持ってきて、父の食べている雑煮の椀の中に、一口大に千切って

入れる。母の千切るのが早いか、父の食べるのが早かったのか、朝子の家の元旦の食卓の行事のようになってしまったこの光景は、家族全員大笑いの中にあり、両親が揃って笑いながら一つになっている姿は、この時だけだった。父の食べるのが勝ったのか、母の千切るのが勝ったのか、毎年判断がつかなかった。

新しい年になって元日の朝食の餅を食べると、朝子たちは学校に行かなければならなかった。この当時は、元日の式が行なわれるので、学生たちはいつもの服装よりは上等な服を着せられ、または着物に袴という生徒もいたが、裕福でない家庭の子たちは、普段着で式に列席していた。学校の講堂に生徒全員が並び、校長先生が壇上にあがって、うやうやしく天皇陛下の写真に最敬礼した後、教育勅語を読み上げる。天皇陛下の写真の両側に、日の丸の旗と校旗が飾られてあった。

〈なして《どうして》、こんな式なんてあるんだべぇなぁー〉

元日ばかりでなく、紀元節、明治節、天長節などなど……こんな時は必ず式が行なわれる。式の間中、生徒全員立ったままの状態で、長い長い校長先生の話を聴いていなければならない。そのような式の日は、授業がないので、式が終わり次第、家に帰られるが、〈なして、式となると上等な服や、着物や袴などで出なければならないんだべぇー。おれの家だって兄弟が多いがら、毎年毎年新しい服など買ってもらえないがら、……それに長時間の起立のままも辛いし、好きでない〉好きでない……と一人で心の中で反発してみたところで、誰の耳にも届くわけでもなし、反抗してみたところで、軍国主義の世の中、誉められることではなく、むしろ叱られることは分かっていた。仕方のないことなので黙って過ごしたが、嫌で嫌で仕方なかった。

冬の馬車は雪が積もっていると、今までは荷車のようなものを引いていたが、橇《そり》に替わる。正月の二日になると馬橇《ばそり》は、初荷と書いてある旗を、荷物の間に何本か差して、馬の首に鈴が三個も飾られ、シャンシャンと鈴を鳴らして通る。

夏でも冬でもそうだったが、馬が丁度家の前を通っている時に、糞をして行くことがあった。馬を引いている馬子は、いつも知らん振りして、馬糞をそのままにして行ってしまう。家の中で仕事をしている父が、それを見付けると、いつも朝子が呼ばれる。

雪降ろし用のシャベルを持って行き、馬糞をシャベルに掬《すく》うようにして載せると、家の前の小川までズルズルと、シャベルを押していって捨てる。二、三回も往復すると片付くが、その後そのシャベルで小川の水を汲み、馬糞の痕が着いているところに水をかけて、道路をきれいにする。その点、雪の上の方が始末がよかった。雪ごと馬糞を捨ててしまえば、それで済んだからである。

大工さんや、材木屋さんの店に、大八車があった。長い材木などを運ぶには、リヤカーよりは大八車のほうがよく、便利なものであった。が、その大八車は自転車には、リヤカーのように、取り付けられないほどの大きなものだった。長い材木を積んで、男の人が前を引っ張り、後から押して運んでいたのを見かけたことがあったが、たくさんの材木になると、馬車で運んでいたのも見かけたこともあった。冬などその馬の背中から、汗なのだろうか湯気が立ち昇っていたのを見たことがあった。雪道を四本足で踏ん張って、重い荷物を運ぶ馬が可哀相だった。

〈馬が疲れでるみだいなのに、あんなに背中がら湯気を出して、休みだいって言えない馬は、気の毒で可哀相だぁー。おれ、馬に生まれで来なくて良がったぁ〉

　馬を引いている馬子は、のんびりキセルでタバコをふかしながら歩いている。ますます馬が可哀相に思えた。

　毎年一月十日になると、その年初めての市場が、市内の目抜き道路両側に出される。それを『初市』といっていた。

　道路は雪が固まって、歩くたびにツルツル滑りやすくなっており、大勢の人が往き来して大賑わいになっていた。

　農家の人が、農閑期にそれぞれ作った臼や杵、まな板、神棚、さらし飴や大きな黒飴や紙に旗のようになって着いているべっこう飴まであり、この黒飴一個を口にすると、頬につっかえてしまうくらい、大きかった。

　また小正月には、再び家の石臼が出て餅搗きがある。何の小枝か分からないが、木の枝にダンゴ状にした餅をいくつも刺し、鯛や大黒さまやエビスさま、大判、小判を型どったものが糸で吊るされ、それを座敷のかもいに刺して飾る。その小枝はダンゴの重みで垂れていた。

その日の夕食も餅が出され、元旦の時と同じようにして食べる。

小枝に刺されて飾ってある餅のダンゴは、日が経って乾燥するとヒビが入り、十日もすると割れて、寝ていた布団の上に落ちるようになる。早く起きた者勝ちで、落ちたダンゴを拾い集めて、長火鉢で焼く。欠けて小さくなったダンゴは、金網から下の火に落ちてしまい、食べられなくなるものもあった。

それでもどんなに小さくなったダンゴでも、醤油をつけて食べると美味しかった。そのようなことが、何よりの楽しみだった。


冬休み期間中に『寒稽古』といって、学校に出て、袋貼りがあった。

男子生徒は、講堂で剣道と柔道があり、剣道部の生徒たちは竹刀を持って「お面、胴」と、掛け声を響かせて、雪の降る寒空でも素足で行ない、柔道部も同じ講堂で、やはり素足で稽古していた。

女子生徒たちは、教室内で新聞紙を規格通りに切り、果物に被せる大きさの袋にする。

同級生の中にも裕福な家の子がおり、「こだなごど《(こんなこと)》、しだぐない」と袋貼りをせず、もっぱら隣の席の子とお喋りばかりして、時間になっても、その裕福な家庭の湖池《こいけ》の袋は完成せず、朝子は見兼ねて、

「おれが作ってやるがぁー」とさっさと、切ってある新聞紙を、少しずつずらして糊づけすると、手際よく端を折り曲げて袋になる。湖池は、「おまえ、上手だなぁー、おまえみだいな手ば持っ

てるどいいなぁー。器用だなぁー」と盛んに誉める。

朝子は心の中で、〈何お世辞ば言ってるんだがぁー。普段は人のごどば軽くあしらっているくせに、何とも思ってないくせして、こだな《こんな》時ばかり声をかけたり、誉めたりして今日は何の風の吹きまわしなんだべぇー〉時間内に全部仕上げてやることができた。

このような『寒稽古』の袋貼りの仕事など、朝子にとってはさっぱり辛いとも思わないが、中には〈嫌な辛い仕事〉と思っている人もいたようだった。

「チャルメラ」と「カルメラ」

冬休みも終わって、三学期が始まるとすぐに、担任の先生は、クラスの級長をしている高野を指名して、「高野、教育勅語を本を見ないで、立って暗誦しなさい」と言った。

高野は級長でもあるので、さぞかしスラスラと暗記しているものとばかり思っていたら、途中から分からなくなってしまい、泣き出してしまった。

〈へぇー、あの高野さんが暗記してなかったんだぁー〉

クラスの皆も唖然とした表情になり、しばらく教室内は森閑となっていたが、先生は、

「他に、誰か暗誦していて言える者は？」

「はい」

「はい」

「はい」

「はい」

と方々から手が挙がる。その中に朝子の手もあった。先生は、朝子を指名してくれた。

机の傍に立って、教育勅語を本を見ずに読み上げた。全部間違うことなく、読み上げることが

できて、内心ホッとした。

高野はなおも泣いていた。級長として恥ずかしかったのだろう。可哀相だった。

冬の夜更けに夜泣き蕎麦やの『チャルメラ』の笛の音が聞こえてくる。

「市兄《あん》ちゃん、カルメラ焼き作ってぇー」

市太郎兄はカルメラ焼きが得意だった。甘いものなどあまりなかったこの時代。母が長火鉢の炭火を消し壷に入れてしまう前に、市兄にねだる。市兄は、

「この前、ザラメば全部使ったがら、今日は誰が買いに行ぐ番だぁー、ザラメが無いと作られないがらなぁー」

「あぁ、おれの番かも知んない……母ちゃん銭《ぜに》くれ、ザラメ買ってくるがらぁ」

弟の浩司は、言うより早く手を出して待っている。

母は割烹着のポケットから財布を出すと、「カルメラ焼きがぁー、火の始末ば、ちゃんとしてなぁー」と言いながら小銭を浩司の手に渡すと、消し壺を持って来て、長火鉢の傍に置いて行く。市兄は、「分がっているがらぁー」と浩司を見送っていた。浩司がザラメを買ってくるまでが待ち遠しかった。しばらく経って、

「あっ、ザラメが来たぁー」

「ザラメが歩いで来たんでなぐ、浩司が帰って来たんだべぇー」

「んだぁー《（そうだ）》、ハハハハハ」

「ウフフフフフ」

これでカルメラ焼きが作ってもらえると思うと、自然に頬がほころんで、皆の顔に笑みがこぼれる。

あか金《がね》で出来ている、直径十センチくらいの小型の浅い鍋に、木の柄が直角に付いているのを火にかけて、ザラメを分量だけ入れて、これも木で出来ているすりこぎを小さくしたような棒で、市兄は静かに静かにかき回し、何分かすると重曹をその棒の先に少しばかり付けて溶けたザラメの中央に入れると、カルメラがプーッと膨らむ。朝子はこの瞬間がたまらなく大好きだった。何遍見ても飽きなかった。手品でも観ているような感じで、カルメラ焼きが出来上がる。

「あぁ、できたぁ、できたぁー」

いつ作ってもらっても、固唾を呑んで見ている兄弟たちは、一つ一つ出来上がるごとに、我に返ったように一斉に手を叩いて喜ぶ。いつ食べても市兄が作ってくれるカルメラ焼きは、日本一美味しかった。

朝一家のこのカルメラ焼きは、外から聞こえてくる夜泣き蕎麦屋の、チャルメラの笛のもの悲しい音色に誘われるように、兄弟の中から誰からともなく、カルメラ焼きの声が上がることが分かった。

夜だけ現れる夜泣き蕎麦やの蕎麦を、いつか食べてみたいものと思っていたが、母は明治生まれのせいかご飯党で、外出しても決して日本食以外は食べなかったので、おねだりすることができなかった。

『チャルメラ』と『カルメラ』この二つの言葉の類似しているところから、連想して起こる、朝一家だけの現象だったのかもしれない。と、朝子は大人になってから、想い起こして感じた。

三月に入った日、祖母のたかは、会社勤めをしている三男の清司《きよし》兄が戻って来たのを幸いに、天井裏の物入れから、古い雛人形の箱を降ろしてもらい、内裏さまや三人官女などの顔を覆ってある和紙を、一つ一つ丁寧に剥ぎ、雛壇に飾ってくれる。白酒もなく、特に海苔巻きを作るということもなかった。母は、普段の生活が忙しかったので、それどころではなかったのだと想う。ただ、雛人形が飾ってあるということだけで、嬉しかった。お姫さまの冠《かんむり》のヒラヒラと金色に輝いて、光っているのを見るだけで朝子は満足していた。古くともネズミに鼻を齧《かじ》られていても、お雛さまはお雛さまなのだ。

男の兄弟が多いのに、五月節句の鯉のぼりは飾られることはなかったが、五月節句の日に母は、ちまきとゆべしを作ってくれた。

そのちまきに使う笹の葉は、何日か前に近くの山まで採りに行かなければならなかった。ちまきやゆべしを作るのに、祖母も姉の喜美子も手伝って作る。

ちまきを作るには、きれいに洗われた笹の葉を三角にして、その中に研いだ餅米を入れて、餅米がこぼれないように、笹の葉を二重巻きにして包み、紐でくるくると絞め、五個一束にして、二十個くらいになると、大きなセイロの湯気の立っている中に入れて、蒸される。

その傍で祖母は、大きな石臼で黄粉を、お正月の時のように挽《ひ》いている。

出来たてのちまきに、黒砂糖を溶かしたものをつけ、それから黄粉を絡《から》ませて食べる。ゆべしも蒸《む》されて、黒砂糖の味がして琥珀色に出来上がり、母の指の痕の付いた小判型は、母の自慢の物だった。

この当時は全部、総てが自家製の手作りだった。祖母から母へ、そして姉へと受け継がれていく。三世帯同居の好《よ》さの、見本のような家庭だった。

この当時の悩みの一つは、便所だった。手洗いとか、はばかりなどとも言っていた。水洗トイレは、戦後外国の軍隊が進駐して来てから日本でも使われるようになったもので、それまでの日本の便所は、どこの家庭でも汲み取り式であった。

朝子の家の便所は戸外にあって、母屋と離れた所にあり、三軒共同のものであった。裕福な家の便所は、母屋に続いてあったが、大抵の場合台所や茶の間から少し離れた、北側の後のほうにあった。このように母屋と続いている便所でも、冬は少しは寒いだろうが、朝子の所のように、全く離れて独立している便所は、寒さが一段と身に沁みる場所であった。

定期的に汲み取られる。汲み取られた後はさっぱりしたが、汲み取り中の臭気が物凄く、中の汚物が見えるので、うじ虫などがうごめいているのも見え、それがやがて蝿となって、どこの家庭にも入り込むのである。家の中には《蝿取りリボン》がぶら下がる。

商売をしている魚屋さんや、肉屋さんの店頭には、何本もの《蝿取りリボン》がぶら下がり、その《蝿取りリボン》に蚊や蛾などまで、くっついていることもあった。蝿叩きなども盛んに使われていた。このような光景は、当たり前の時世であった。

トイレットペーパーなどというハイカラな紙はなく、もっぱら落とし紙を使っていた。

蝿が媒介して、この当時は伝染病が蔓延し、病院の隔離病棟は、結核病棟よりも満杯の状態になったこともあった。

〔便所から汲み取られていった汚物は、最終的にどのように始末されるのか、ついぞ分からず仕舞のままである〕

夏の夕食後、ほろ酔い気分の父は、茶の間の東側の縁側に、うちわと蚊取り線香を持って行き、瀬戸の枕でぐっすり眠ってしまい、朝子たちがどんなに茶の間で騒いでいようと、決して「うるさい……」などの小言は言わない父であった。弟の浩司が父の横になっている傍で、線香花火で遊び始める。その傍に朝子もハーモニカを持って行き、吹き始める。「何だぁー、火薬臭いと思ったら、花火がぁー」と父が起き上がる。

「花火するのに、いちいちマッチつけなぐども、蚊取り線香があるんだがら、これがら移したほうがいいがらぁ」

そんなことを浩司に教えて、さっさと寝床に移ってしまう。火薬の臭いと朝子のハーモニカの音に退散してしまったようであった。

浩司は、茶の間でマンガの本を見ていたのを、そのままにして線香花火をしてしまい、冒険だん吉とかタンクタンクローや、のらくろ一等兵などが、いっぱいに散らかし放しになっており、

母はそれらを見付けると、

「浩司、花火終わったら、マンガ本片付けんだよぉー」

「うん、分かっているがらぁー、友だちがら借りでるものも有るがら、そのままにしておいでなぁー」

弟の花火はなかなか終わりそうになかった。朝子も一緒になって、いつまでもハーモニカを吹いていた。

〔この当時、楽器と名のつくもので、家庭にある物は、一般家庭でハーモニカくらいで、ピアノとかオルガン等は、殆どみられなかった〕

縁側辺《べ》りに、少しばかりの庭があり、梅の木ともみじの木に、ざくろの木が植えられてあった。ざくろの実がなるのを、毎年毎年待っていたが、花は咲くが実は何年経ってもならなかった。母は、「このざくろは、男の木だがら、実がならないんだべぇーなぁーきっと」と言っていた。木にも男と女があることを初めて知った。

〈そんならば、梅は毎年、実がたくさんなるが、この梅は女なのがぁ、面白いんだなぁ〉

梅の木の枝に、しのぶのしだが一塊りになって、ぶら下がっている。そのしのぶの塊りの下に、いつの間にか鋳物製の風鈴が下げられており、涼しげな音色で風に揺られていた。

澄み渡った夜空に、半分になった月が、浮いているようにくっきりと、また満天の星が輝いていた。流れ星が二つも流れて落ちていった。

母は夜遅くまで仕立て物の着物を縫っていた。長火鉢の炭火でコテを焼いて使っていた。隣の洋服仕立て屋さんでは、炭火を入れた火のし、というものを使っていた。当時は電気アイロン等は無かった時代である。

日中の暑い日になると、大きな散水車が道路に、水を撒いて通る。

アイスキャンディ屋のおじさんが、自転車に大きな箱を着けて、鐘を鳴らしながら通る。小遣いの一銭を母親から貰うと、家から駆け出して買いに行く。棒に付いているアイスキャンディを、舐めながら家まで戻る。肘のあたりまで、溶けた汁が流れてしまう。

夏休みになると、姉の喜美子と朝子の二人は、バスで約一時間ばかりの所にある蔵王温泉の、遠い親戚にあたる旅館に、夏休み中の一カ月間を泊まることになった。宿題を全部まとめて持って行き、市内より約五、六度気温が低く、夜も暑さによる寝苦しさも、殆どないほど住みやすく、昆虫やいろんな蝶々が飛んでいて、いろんな花もたくさん咲いていた。

大きな池もあり、ボートで遊んでいる人も大勢いたが、『水恐怖症』の朝子は、あのような小さなボートに乗ることさえ怖く、見ているだけだった。

夏休みなので、親子連れの客が増えてきて、客室が満杯になると、この旅館の親戚でもある朝子たちは、廊下に布団を敷いて寝なければならないことも、しばしばあった。

山の水はすごく冷たくて、美味しかった。旅館の客の中で、その冷水にスイカや果物を冷やしている人がいた。朝子たちはそれを「あんな大きなスイカをいつかは食べてみたい」という細《ささ》やかな希《のぞ》みをもって羨ましく見ていたものだった。旅館のすぐ前に八百屋さんがあり、その店先で、一本の割り箸で食べるトコロ天も、面白く、美味しかった。

蟬が我が世の夏とばかりに、短命の時間を一生懸命に謳歌しているように鳴いていた。〈そうだぁ、山に来たんだがら、夏休みの宿題でもある自由活動に、昆虫採集をするがなぁ〉と決め、蟬を始め、カマキリ・カブト虫・トンボ・蝶々・源五郎虫やアメンボや蛾まで集めて、家に戻る時は、旅館の小母さんから空箱を貰って、大事に大事に抱えて戻って来た。

清司兄から昆虫針で止めてもらい、明日学校に持って行くのを楽しみにして眠った。

翌朝目が覚めてすぐ昆虫採集の箱を見て、朝子は茫然としてしまった。枕元に置いていたのに、夜中にネズミに全部持って行かれてしまって、箱の中は見事に空っぽになっていたのだった。〈あーぁ、せっかく採集したのに、たった一晩で、ネズミの餌になってしまったぁー。わざわざ蔵王から持って来たのにぃー……〉

朝子は悔しさに泣きたかった。学校に行く前に泣いたら、おかしいので我慢した。だがやっぱり悔しかった。〈初めて昆虫採集をしたのにぃー……〉。学校に持って行く物が、何も無くなってしまったのだから……。

毎朝早くラッパを吹いて豆腐を売りに来る。豆腐ばかりでなく藁《わら》に包んである納豆や七味とうがらしまで、自転車に積んで売りに来る。この当時、台所用品にボールなどがなかったので、鍋を持って行きそれに入れてもらう。したがって無駄なゴミは出ないのである。ちまきを食べた後の笹の葉にしろ、納豆が入っていた藁にしろ、紙屑なども竈や風呂の焚き付けになるので、ゴミとして捨てる物がなかった。

家にいると面白いことに出くわすことがある。日中に、鼻の下を黒くした女の人が、自分たち日本人の衣服と違った服を着て、リヤカーを曳いて、熊の毛皮や油を売りに来たことがあった。母は熊の油を買うと、その女の人は丁寧にお礼を言っていたが、どことなく言葉も違うので、母に、

「あの人、女なのに、なして鼻の下ば黒ぐしてるんだぁー」

すると母は、

「あの人アイヌの人なんだぁ。結婚している印に、鼻の下に刺青《いれずみ》ば入れてるんだなぁ」

「あれ。刺青なんだがぁー、何だが変だぁ」

「変だぁったって、アイヌの人では当たり前なんだがらぁ、この前、うちのばぁちゃんがお歯黒染めていたげんども、あれは日本の女の人が、結婚しているという印なんだぁー」

「なぁんだぁー、虫歯にならないようでなぐ、結婚している印だったのがぁー。んだってぇ、じいちゃん死んでいないのに、まだお歯黒しているのがぁ。そしたら母ちゃんは、なして(どうして)お歯黒してないんだぁー」

「この節、お歯黒している人なんて、いなぐなったがらだぁ」

「ふぅーん」

「この油、冬にシモヤケや、ヒビ切れた時につけるんだがらなぁ」

「ふぅーん」

暖房なども満足になかったこの当時は、小さな子供たちは、殆どシモヤケやヒビを切らし、手背が饅頭のように、腫れ上がっていたものだった。


夕方だいぶ遅くなってから、外で「あんまーかみしも、三十銭ー」と、もの悲しい音色の笛を吹いて、高下駄をカラコロ鳴らして杖を使って、あんまさんが歩いている。

「母ちゃん、あんまは分かるげんども、『かみしも』って何だぁー?」

「『かみ』は上と書いて、体の上のこと、『しも』は下と書いて、体の下のことば言うんだぁー。んだがら体の全部、上から下まであんまするごどば、言ってるんだなぁ」

「ふぅーん」

朝子は納得したが、

〈おれたちの一日の小遣いが一銭だげんども、あんまさんは一人あんまして三十銭も稼げるのがあーいいなぁー。んだげんども目が見えないんだがら、あんまでなくてやっぱり良《え》がったんだなあー〉


昭和何年だったか定かではないが、多分小学四年生か、五年生のころだったような気がするが、クラス全員まとまってオリンピックの映画を観に行くことになった。

映画は白黒だったが、初めて観るオリンピックの光景は、大勢の外国人を見ていると、まるで自分も外国にでも行ったような錯覚をおぼえ、槍投げや砲丸投げ・マラソンや長距離・短距離の選手たちの躍動的な場面を目のあたりにして、

〈四年に一回のオリンピックは、このようにして行なわれていたんだぁー。なんてすばらしい選手たちなんだべぇ〉

そうしているうちに、画面が水泳に替わり、アナウンサーは、

「前畑がんばれ……前畑がんばれ……」

と声を枯らして声援していた。

〈うん？……何、日本人が、しかも女の人がオリンピックに出て、一位になっている。すごい人が日本にもいるんだなぁー〉

朝子は言葉もなく、画面を食い入るように観ていた。オリンピックのすばらしさを感じたが、〈おれは水が怖いから、やっぱり水泳は無理だぁ。んでもあのようにオリンピックにまで出られる人は、最初から水が怖くながったんだべぇなぁー。姉も弟も泳げるのになぁー〉

オリンピックの映画を観た感想は、結局自分の泳げないことに、そして、他の人たちとどうしても比較してしまうことに、行き着いてしまう。

春の天気のいい日曜日に、座敷の畳が裏庭の広い処に運び出され、板の上に表を中にして、山の形に並べられる。

畳が剥がされた後の床からは、昨年の古い新聞紙が色あせて出てくる。それを片付けなければ

ならないが、その前にその古い新聞に目を通すと、昨年のこの日はこんな事があったんだとか、こんな事件の起きた日だったんだと思い出したり、新たな発見をすることができて興味があった。

古い新聞も取り除かれると、積もったゴミを箒で掃き、新しい新聞紙を敷き詰めると、その上から『のみ取り粉』を振り撒く。

外に出された畳は、ある程度日光に当てたら、二人して両側からパタパタパタパタと叩き、ゴミや蚤を叩き落とすのである。

外に出ている畳がきれいになると、床板もきれいに掃除のできている処に運ばれて、元のように敷き詰められる。階下の畳が終わると、二階の畳も外に運び出されて同じようにきれいにされてから完成となるが、二階の畳の数が多いので、階段の昇降だけでも大変な作業だった。

それが都合で一日では終わらないこともあって、二日くらい掛かったものだった。

この作業が済むと、ある程度ノミや害虫から解放されて、気持ちよく眠ることができるようになる。

〔この当時の大掃除の一つに、この畳の日光干しがあった。家族中が総出で行なったものである。現在のように強力な殺虫剤の噴霧器などが無かった時代である〕

またある日、学校から帰ってくると、店先に越中富山の薬屋さんが来ていた。

〈この薬屋さん、今日はどんな紙風船をくれるかなぁ？　四角のがな？　それとも丸いのかな？〉

朝子は置き薬よりもオマケの紙風船に興味があったので、早く薬の清算が終わって紙風船くれないかと、待っていたものだった。大きな紺色の風呂敷に薬別に籠の中にきちんと納められて、その籠がきれいに積み重なるように出来ており、その籠自体も上手く出来ているものと、朝子は興味をもっていつも見ていた。

時間を掛けて調べていた薬屋さんは、家で使ったものを補充し、その分の代金を母から貰うと、紙風船を出してくれる。

薬屋さんはきちんと薬籠を風呂敷に母と話しながら包むと、背中に背負い、丁寧に挨拶をして帰って行く。

今日は丸い紙風船二つだった。折り畳んである部分を静かに広げて、丸い空気孔から息を吹きかけてふくらませる。

朝子は風船の空気孔に口をつけて、一生懸命ふくらませるので、何日間かそれで遊んでいるうちに、紙風船の空気孔がグシャグシャになってダメになってしまう。母は、

「そだいに《(そんなに)》、口ばくっつけるがらぁ、すぐダメになるんだがら、こうして離して息ば吹いでも、できるがらぁ」

母は四、五センチも口から離して息を吹きかけて、上手くふくらませてくれた。

「あぁ分かったぁー、そうすれば紙風船も永持ちするんだなぁー」

ふくらんだ紙風船を、両手でぽんぽんとあっちに行ったり、こっちに来たりして座敷中を遊んだものだった。

母は使いに行った帰りにダンゴを買ってきてくれた。

この当時のダンゴは、現在のような四個ではなく、一串に五個ついていた。しかも最初に蒸した後に炭火で焼いてからみたらしを、全体にいっぱいつけてあり、この一本食べても充分腹ごしらえになったものだった。

小学も高学年になって、市内を流れている大きな川の、馬見ケ崎の河原に転がっている、水の流れで石の角がとれて、丸みがかっている種々様々な石の中から、「花崗岩《かこうがん》」だけを拾って来るようにとの、学校からの指示で、母から手拭いを袋状に縫ってもらい、五・六年生全員で河原まで行き、白っぽい石にゴマ粒のように、ブツブツが付いている石が「花崗岩」で、その石だけを選んで集めた。

あまり一生懸命に集め過ぎた男の子などは、学校まで着く道程で「あーぁー、重だい……重だいー……誰がぁー半分持ってくれぇ」と悲鳴を上げて、道端に座り込んで皆から笑われていた。誰からともなく、「おーい、皆して一つずつ、こいつのば手伝ってやるべぇー。こだい《（こんなに）》に欲張るがらぁー」と言われて、再び皆から笑われていた。

それから何カ月が過ぎたころ、学校の正面玄関横の、生徒たちの出入り口近くに、二宮金次郎が背中に薪を背負って、本を読みながら歩いている銅像が完成した。その銅像の土台石に、皆が河原で拾い集めた「花崗岩」が塡《は》め込まれてあった。現在もその銅像は、昔のままの姿で学校と一緒に残っている。

高学年になるに従ってソロバンが導入された（当時は五つ玉のソロバンだった）。ソロバンを憶えたことによって、苦手な暗算が好きになった。

秋ともなり、里芋の季節になると、その馬見ケ崎の河原で〔芋煮会〕が盛んになる。そこいら辺から、適当な大きさの石を何個も集めて竈を作り、家から持参した大きな鉄鍋をかけ、またこれも近くから拾い集めた薪で、川底まで澄み切って見える河原の水で、洗った里芋や、手で千切ったコンニャク・豆腐・白菜・牛肉・長葱などをごっちゃ煮にし、ゴザを敷いて男性たちは、里芋が煮えないうちから酒を飲み始め、歌をうたってわいわい賑やかに、傍の見知らぬ人まで互いに交えて、夜が更けるまで飲み交わす。

芋煮会が終わって、鍋や残った調味料などを、箱に詰めて自転車の荷台に乗せたり、背中に背負ったりして家まで戻る。

その馬見ケ崎の川の水も、上流にダムが出来てから、水流がぐっと少なくなって、昔のような水流ではなくなり、形ばかりのチョロチョロの流れに変わってしまい、薪も落ちてないので、各家庭からガスコンロを持参し、里芋もその他の野菜も各家庭で、洗ってから河原に持参するようになった「芋煮会」であるが、いまも健在で行なわれている。

朝子の家ばかりでなく、どこの家庭でも秋になると、毎年漬物を漬ける。

家の前の小川の水で、大根や白菜・高菜を一つ一つ手で洗い、大きな漬物桶に塩と一緒に漬けられる。母も姉も大忙しの日々だったが、朝子は何を手伝っていいのか分からず、漬物用の生の大根や人参を齧って、言い付けられた事だけしかできなかった。それが一日では終わらず、二日くらいかかることもあった。

〈大人になるって、仕事がいっぱいあるんだなぁー〉とただ見ていた。

学校からの帰り道、友だち三人で近道をして、桑畑の細い道を通ると、桑の実がたくさんなっている。どこの家の桑畑なのか、そんなことは考えもせずに、桑の実を三人で採って食べながら歩くと、口の中が紫色になる。互いに三人の口元を見て笑いが出る。

千鶴子、きよと家の前で別れて、家の中に入ると、母はすかさず、「朝子、また桑畑から実ば採って、喰ってきたなぁー」と見破られる。

「うん、千鶴ちゃんときよちゃんと、一緒だったがらぁ」

「そだいに《そんなに》、口の中まで色染めでぇー、人さまのものだがら、あんまり採るなよぉー」

「うん、分がったぁー」

表通りをチンドン屋が通る。侍の格好をしてカツラを被り、胸に大小二段重ねの鐘を抱き、背中に大きな太鼓を背負い、商店の看板をヒラヒラさせて、その後から女の人も着物を着て、同じように鐘や太鼓を重そうに背負い、歌ったり踊ったり、三人目の若い男性は、笛を吹いてクルクル廻りながら踊り歩く。

一学年下の茂は、ふざけてその後から、ランドセルを背負ったままチンドン屋の真似をして踊りながら就いて行く。通りかかった大人の人も、朝子も家の中からチンドン屋の格好も茂の格好も、面白くって笑ってしまう。

日曜日、姉の喜美子とイナゴ捕りに行くことになった。大分離れた田んぼまで行くには、相当歩かなければならなかった。出掛けに母からオムスビを作ってもらい、風呂敷に包んで背中に斜めに背負って、どこのお百姓さんの田んぼなのかも分からないが、イナゴ捕りを始めると、イナゴのほうは賢くて、捕ろうとすると、くるりと向きを変えてしまう。思うようには捕れないものであった。両手で挟んで捕ることにしたが、それでもなかなか捕れない。イナゴは思ったよりは遥かにすばしっこく、動き回ることがわかった。

〈イナゴは目をキョロリと後ろに向きを変えて後ろも見えるんだなぁー。四方八方見えるんだなぁー〉イナゴには適わなかった

姉も朝子もだいぶ奮闘したが、何匹も捕れない。そのうち、姉も朝子も疲れてしまい、「昼にするがぁー」どちらからともなく、休憩をしてしまう。

「おまえ、人の家の田んぼの稲ば、踏んづけんなよぉー、気をつけで座れ」

気がつけば、疲れてしまって、その場に座りたくなっていた。陽をさえぎるものが、何一つない田んぼの真ん中の炎天下。座れる場所もない。

「イナゴ捕りって、こだいに《(こんなに)》疲れるんだなぁー」

少し歩いたところに、ようやく座れるくらいの草原《くさはら》を見付け、畦《あぜ》に上がってため息が出た。オムスビを食べ始める。わずかばかりのイナゴが、袋の中で跳ねていた。

その袋の口に直径三センチばかりの竹の筒が付いたもので、いったんその中に入ったイナゴは、出られないようになっていた。

オムスビを食べてからも、挑戦してみたが、捕れるものではなかった。家に戻ると、

「何、こだい《こんなに》、いっぱい捕れだのぉー」

母は皮肉っぽく言い、袋のまま熱湯に入れて茹でていた。

イナゴはその当時としては、カルシウム源となるものだっただけに、母親の期待としては、たくさん欲しかったものと思われた。一回の食卓に出すこともできないほど、少ない収穫量に、

〈初めてのイナゴ捕りだったので、捕り方のコツも知らず、慣れてなかったので、母親の期待通りにはならなかったんだぁ〉

それ以来、朝子はイナゴ捕りに行った記憶はなかった。

思いもよらない自転車事故

東北の地にも雪が溶けて、春が訪れて桜が咲くと、里より少し遅れて蔵王連峰の雪も万年雪を残して、白かった山々も新緑に変わり、所々にピンク色の山桜が咲くようになる。それまで、お手玉やオハジキ、ママゴトやあや取りなどで、家の中で遊んでいた子供たちも一斉に戸外に出て、道路が忽ち遊び場となる。これらの遊び道具は総て素朴な遊具であるが、子供たちにとっては手作りが多く、宝物だった。

朝子の家の前の道路は、陸軍の連隊に通じている道で、両側に古くて太い桜の大木が何本も植えられてあり、桜の花が見事に咲く。

〔山形の陸軍歩兵三十二連隊の兵舎は、何百年か前の『霞ケ城』という城跡である。城跡の痕は無くなっているが、石で築いた城壁が見事に残っている。堀がめぐらされて、その堀はよく魚釣りをして遊んだ場所であり、石垣の上にも古く太い桜の木があり、毎年見事な花を咲かせている。現在その場所は『霞城公園』になっている〕

兵隊さんが通らない限り、その道路は閑静で、子供たちの恰好の遊び場で、今まで鎖に繋がれていた子犬が、放たれたように自由に活発に、石けりや手鞠や縄跳び、手製の竹馬などを持って来て遊び、子供たちの中には道路一面にメンコを並べ、独楽《こま》を回して競っている者もいたり、それらに飽きると縄跳びの綱を三本くらい繋いで、電車ごっこを始める。

〽運転手は君だ、車掌は僕だ、

あとの四人は電車のお客。

お乗りはお早く。

動きます、ちんちん。

思い思いの遊びに夢中になっている。かごめかごめも輪になって楽しい遊びの一つだった。どれをとっても素朴で懐かしい遊びである。

その道路の右側には、レンガ造りの塀に囲まれた大きな刑務所があり、朝子の家の二階から見ると、桜の花も眼下に一面見渡せたが、塀の中の囚人たちが、刑務所内の庭に出ているのを見ることもあった。

また刑務所の出入口から囚人が出てくる場面に出喰わしたこともあり、薄いブルーの薄い着物を着せられて、手は縛られて、後ろの看守から紐で繋がれ、深編み笠を被って顔が見えないようになっていた。

反対の左側には、兵隊で負傷した人や、病気になって入院を余儀なくされた人たちのみ、収容する大きな国立病院があり、その病院と刑務所の塀側の大きな道路を、兵隊が鉄砲担いで、足にゲートルを巻いて行進したり、またその当時では珍しい、陸軍のカーキ色をした自家用車や、サイドカーが我がもの顔で通るのに、遊んでいた子供たちは、手を休めて見入っていた。

勢いよく走る陸軍の自動車で、道路の砂ぼこりが舞い上がりひどかった。

〈兵隊さんは、特別な人間なんだべがぁー、普通の男の人や、家にも兄たちがいるが、何かどこか違う。頑丈に出来ているがら、特別に兵隊として生まれて来た人たちなんだ〉

と、朝子は真剣に思い込んでいた。

連隊長の朝の出勤は、馬にまたがってサーベルを下げ、お供の兵隊を伴って来るのを、毎朝、家の中から楽しみに、その格好のいい連隊長を羨ましく見ていたものだった。

その道路も子供たちの遊び場だったが、家の前メイン道路に通じている、十軒くらい離れた処にも、舗装はされてないが、広い道があり、そこには毎日紙芝居屋が来る。

その道路はある程度滑らかな土だったが、道の端の方の人や自転車が余り通らない処には、小石がゴロゴロの上、道路片側には幅一メートルくらいの川が流れており、自動車などは殆ど通らない道なので、子供たちの格好の遊び場になっていた。

朝子もこの道路を好んで自転車の練習に使っていた。自転車のペダルとペダルの三角の部分から、右足を向こう側のペダルに掛け、ぎこちない格好で二〜三回ペダルを踏んでは転げ、ハンドル操作もうまくできずに、傍の川に自転車ごと転げ落ちて自転車を壊し、朝子も水びたしになって生傷やアザが絶えなかった。傷ばかりでなく蛭《ひる》まで手足にくっついていたことも、何度となくあり、何度転んでも、川に落ちても骨折することもなかったので、徹底的に上から乗れるまで挑戦し続けていた。

紙芝居のおじさんの拍子木が鳴りだすと、今まで近くで遊んでいた子供たちは、一銭の小遣いで、水飴やセンベイを買う。小さな弟妹をおんぶして見ている子もおり、お互い頭と頭をくっつけて、飴をしゃぶりながら紙芝居を夢中になって観入る。

このような時に、互いの頭のシラミが他の子から他の子に移ったりしていたようであった。

この当時テレビなどは無く、娯楽の少なかった時代の唯一の楽しみの一つであった。紙芝居屋の水飴も、センベイも買うことのできない子は皆の後ろのほうで、遠慮がちに小さくなって観ていたが、時々紙芝居のおじさんから、横目で睨まれながら、観ていなければならなかった。

春には梅がたわわに実る。それと同時くらいに特産のサクランボが出回るようになる。母は、庭になっている梅と、街から購入した梅と赤シソで毎年梅干しを漬けるが、この時に、サクランボの売り物にならない傷もののサクランボを産地まで出掛けて、安く購入して来て梅干しと一緒に漬ける。

土用になると、梅干しを天日に当てて何日間か干すようになる。二階の窓を開けると一階の屋根がある。その屋根のトタン板の焼けている処に、むしろを敷いて梅干しを汁を切って干す。一緒に漬けてあるサクランボも干される。

朝子はそれを見付けて、一個また一個とサクランボを主につまみ喰いをする。時々梅干しを裏返さなければならないので、それを口実につまみ喰いをしてしまう。

数が減ったことに母は気が付いていただろうか?……毎年この事をやってはいたが、母から小言を言われたことはなかった。数多い梅干しの中のことで、母は気が付かなかったのかも知れなかった。

朝子たちの家庭ばかりでなく、この地方の家では当たり前のように、サクランボの梅漬けを作っていた。梅干しの味がするが、中身はサクランボであり、これが実に美味しいものであった。

陽気が好《よ》くなると、母はタンスの中の着物を虫干しする。

母親のタンスの中などは、普段開けて見たこともなかったので、毎年この季節になると、二階の一つの部屋いっぱいに母親の着物が、紐に掛けられてたくさんぶら下がるのが、楽しみだった。

樟脳の臭いがきつかったが、その着物を掻き分けて、友だちや姉や弟と、鬼ごっこをして遊ぶのが、大好きだった。母親の着物に触れられることだけで、嬉しかった。

時には母親の長襦袢を、自分の体に引っ掛けてみたりして、

〈自分も大人になったら、このような着物が着られるようになるがなぁー。あぁそうだぁー、母ちゃんは他所の人の着物を縫っているぐらいなんだがら、嫁に行く時、母ちゃんからいっぱい着物を作ってもらうべぇー、そうするぅー〉

朝子は空想しながら一人で喜んでいた。


夏休みになって、ようやく自転車を上から乗れるようになった。

朝子の家の前の道路のT字路の角に、簡単なすだれを立て掛けただけの、かき氷やさんの店が毎年出る。氷の旗が風にゆらぐ。赤い色のイチゴのシロップをかけてもらって食べると、こめか

み辺りがツーンと痛くなる。それが何ともいえない痛さだったが、かき氷が美味しくって、ガラスの容れ物に入れてもらえるのが嬉しくって、一銭の小遣いを貰って、よく食べに行っていた。かき氷やのおじさんは、いつもニコニコして愛想がよかった。

朝子の家の前に、裕福な弁護士さんの家があった。道路に面した広い前庭には植木が茂って、奥まった処に母屋があった。人の出入りは見られなかったが、夏になると毎日のように氷屋さんが、大きな氷にむしろを被せてリヤカーに積んで自転車で来て、その弁護士さんの家の前で止まると、これも大きなノコギリで氷を切り、氷挟《こおりばさみ》で挟んでその家の中に運んで行く。ノコギリで氷を切ったカスが道路に山のようになって残っている。

それを見ていた近所の子供たちは、氷のカス山を手にしたり、ある子は頰に当てて、「ヒェー冷だーい」とキャッキャッとふざけ笑っていた。

「あそごの家では、毎日あだい《あんなに》いっぱい、かき氷ば喰うのがなぁー?」と、いつか隣のハル子に聞いたことがあった。ハル子は、

「おまえ、知らねぇーのがぁー。あの氷は冷蔵庫さ使うんだぁーよぉ」

「冷蔵庫って、何だぁー?」

「おれの親戚の家さ、冷蔵庫があるがら、観さ行ぐがぁー?」

「うん、見だい」

「んだら、行ぐべぇ。んでも一寸遠《とっ》がいがらなぁ」

「うん遠ぐったって大丈夫だぁ」

三十分くらいハル子と歩いた街の外れに近い処に、その親戚の家があって見せてもらった。外見は、木の箱であまり大きくなかった。前面に上・下に分かれた扉があった。上の扉の小さい方に大きな氷の塊がドーンと入っていた。〈あぁ、あの氷もこんな処に入るんだぁ〉。冷蔵庫の内部にはブリキが貼ってあった。「こだな《(こんな)》具合になってるんだなぁー」

ハル子は下の扉も開けて見せてくれ、

「下には、食物《たべもの》ば入れで冷やすようになってんだなぁー」

「へぇー……」

初めて見た冷蔵庫に、朝子はただ驚いて見ていた。

現在のように電気冷蔵庫などは無く、この時代は一般家庭などでは持てない、裕福な家庭のみが持てる高級品だった。

グリコのオマケ付きのキャラメルも、一度でいいから食べてオマケも欲しかったが、一日一銭の小遣いでは買えず、友達が買ってオマケを嬉しそうに持っているのが、羨ましかったが、〈自分には買えないんだ〉と諦めていたので、その当時のグリコの値段はいまだに知らない。

夕方になると、電力会社のおじさんが、長い竹竿を担いで外灯をつけるために、自転車でやって来る。竹竿の先端は、外灯の電球が入る大きさに四つくらいに分かれており、電柱の高い処にある外灯の電球を、その竹竿の先に入れて少し電球をひねってつける。

そこがつけ終わるとまた自転車に乗って、次の電柱に取り付けてある外灯まで行って、同じようにつけて回る。

夕方このようにして、外灯つけに電力会社の人が、回って来ていたのを見かけていたが、朝になって外が明るくなったら、また消しに回っていたのだろうか？　それはついぞ見かけたことがなかった。

朝は学校に行く前に、朝食を済ませて、学校の準備をしなければならなく、そんなに早く外に出る機会がないので、見られなかったのだろう。学校に行くのに、家を出るのは八時ごろ。その時にはすでに外灯はいつも消えていた。

家の中の電灯は、笠の上にあるスイッチをひねって、つけたり消したりするものが付いていたが、現在のように、中間スイッチとか紐で引っ張ってつけたり、消したりする文明の武器が無かった時代だったので、この当時の電力会社のおじさんたちは、大雪の日とか台風の日などは、ご苦労も多かったことだろう。そうして一人でどのくらいの数の外灯を、受け持って回り歩いていたのだろうか。のんびりした田舎らしいこの頃の光景だった。

現在の東京と比較してみると、実にのどかで、素朴で微笑ましく忘れがたく、懐かしく想い出している。

そんな夏休みのある日、宿題の一日分を終わろうとしていた時、同学年で近所の吾郎が遊びに来た。

「朝ちゃーん、自転車で遊ばないがぁー」

「うーん、今行ぐぅー」

階下に降りて来ると、母親のすみが待っていて、仏壇の部品が入っている包みを渡し、

「朝子、父ちゃんの仕事先さ、これば届けてくれないがぁー」

「父ちゃん、今日はどごで仕事してんの？」

「裏の小林さんどごだぁー。落どすど壊れるがら、落どさないように気いつけて行げよ」

「うん分がったぁ、自転車使っていいべぇ」

「近いんだがら、歩いで行ったらいいんでないのがぁー」

そこへ姉の喜美子が使いから戻って来て、

「おまえ、まだ自転車慣れでないんだがら、歩いで行ったほうがいいんでないがぁー」

「んだってぇー、帰りに吾郎ちゃんと、自転車で遊んでくるんだがらぁー、いいべぇー、自転車で行ぐよー」

「気ぃつけでなぁー、裏道行ったほうがいいがらなぁー」

と言っている母の声を背に、吾郎と揃って、家の前の舗装道路をしばらく行くと、右に曲がらなければならない。その右の道路まで来ると、朝子は自転車から降りてその広い道路を見入ってしまった。

この道路は、紙芝居屋が来て、普段から自転車の練習に使っていた道路だったが、この二、三日前までは舗装はされていないが、土の平らな道だったのに、今、目の前に広がっているこの道

路には、石を砕いた三角形に近い尖った石が、ゴロゴロと一面に敷き詰められてあった。

〈こんな道ではなかったのにー、いつの間にこんな石が敷かれたんだべぇー〉

吾郎と二人、顔を見合わせてしばし見入っていた。吾郎は、

「これじゃぁー、ここで遊べないやぁ。俺、紙芝居見てるがら、朝ちゃん用足して来いよ」

「うん、そうする」

吾郎は道の端のほうを、自転車を曳いて、紙芝居のいるほうに行ってしまった。

朝子も自転車を曳いて行くことにした。

紙芝居屋の自転車は、いつもの道路の端っこの場所に止めてあり、紙芝居のおじさんは、拍子木を叩いて振れ回って歩いていた。紙芝居屋の自転車の周りには、大勢の子供たちが、わいわいお喋りをしているが、水飴を舐めている子もいて、紙芝居の開くのを待って集まっていた。

朝子はでこぼこ石に自転車をとられ、あっちによろけ、こっちによろけて倒しそうになったりして、苦戦しながら歩いていた。

〈母ちゃんの言う通り、やっぱり裏道ば来たほうが好《え》がったんだなぁー〉と溜め息が出た。

〈姉ちゃんが言っていたげんども、歩いて来たほうが好《え》がったんだぁー〉

そんなことを思い返しながら、一歩一歩進んで行くうちに、朝子は立ち止まってしまった。自転車の前のタイヤが、尖った石の窪んだ溝のようになった処に、挟まれて動かなくなり、動かそうとしても抜けなくなってしまった。

紙芝居屋のところにいる友だちなどに気を取られて、いつの間にかこんな溝に挟まれてしまっ

ていた。

〈何したらいいんだべぇー、吾郎ちゃんから助けてもらおう〉

「吾郎ちゃーん……吾郎ちゃーん」

吾郎に助けを求め声を張り上げてみたが、吾郎のところまで距離があって、声が届かないようだった。その他、大勢いる近所の子供たちも、朝子の応援の声に全く気が付かず、友だちとの遊びに夢中になっている様子。

重い自転車は、まだ小さい朝子の力ではびくとも動いてはくれない。思案していて、ふと前方を見ると、朝子より二学年下の香代が、同級生の男の子の利夫と誠治に、ふざけながら追い掛けられている。香代はキャッキャッ笑いながら後ろ向きになって、どんどん真っすぐに、朝子の持っている自転車目掛けたように近付いて来る。

〈このままだと、香代ちゃんはこの自転車にぶつかってしまう。何とかしてこの自転車を動かさないと……〉

けど大きな自転車は、尖った石の間の溝に挟まれたまま、びくとも動いてはくれない。朝子はあせった。

〈どうしたらいいんだべぇー、どうしたら動いてくれるのがなぁー〉

香代は、みるみる近付いてきて、朝子の止まっている自転車に思いっきり体当たりしてしまった。

「あぁぁぁぁー……」

「あぁぁぁー……」

香代は自転車にぶつかる直前に自転車に気がついたが、遅かった。そのまま左向きに地面に倒れてしまった。

後から追い掛けて来ていた利夫と誠治が、倒れた香代を抱き起こすと、香代の左こめかみ辺りから血がしたたり落ちた。砕かれて三角に尖った石に強打したのだろうか。

今までの笑い声が一変して泣き声に変わり、香代は両側から抱えられて、わいわい泣きながら、左足をひきずりながら歩いて行ってしまった。

朝子も衝撃の反動で、香代の反対側の方向に、自転車ごと尻餅をついてしまい、茫然として自転車の下敷きになった足もそのままに、香代を見送っていた。

利夫と誠治は口々に、

「あーぁ、朝ちゃんが、香代ちゃんばぶっつけだぁー」と言いながら、後を振り返り振り返り、香代の家のほうに連れて行ってしまった。

ぶつかった弾みで自転車は溝から外れてくれたが、思いもよらない衝撃が去らず、香代の後ろ姿をいつまでもそのままの状態で見送っていた。

このことを一部始終見ていた紙芝居屋のおじさんまでも、冷たい視線で朝子のほうをジロリと見て、ブツブツ何やらつぶやくように口を動かしながら、拍子木を叩いて歩いていた。

紙芝居の自転車の処に集まっていた子供たちは、この事故を知らずに騒いでいる子もおり、吾郎ちゃんも後を向いていて見てなかったように、他の友だちと何か持っていた物を見せ合って、お喋りをしていた。

倒れた自転車をようやく起こして、立ち上がった朝子は、まだその場から去れずに、立ち尽くしていた。

〈おれだけが悪いのがなぁー。香代ちゃんだって後ろも見ないで駆けて来て、後ろの利雄君も誠治君もこっちを見ていたのに……、止まっていた自転車だったのを見ていたのに……朝ちゃんがぶっつけだぁーと言っていた。おれも悪がったがも知んないげんども……父や母に何と言ったらいいんだべぇなぁ〉

朝子は大きな声を出して叫びたかった。

しばらくして冷静さを取り戻し、何とかそのでこぼこ道を抜け、再び右の小路に入り、父の働いている小林さんの家に着いた。

父に預かってきた品物を渡すだけで、数分前の事故のショックで口がきけなかった。小林のおばさんが朝子の姿を見付け、

「朝ちゃん届け物だったのがい。上がってマンジュウ食べて行ったらいい。今丁度、父さんたちにもお茶を出そうとしていだどごだがら、上がってぇ」

と言ってくれたが、朝子はその気になれず、

「友だちが、紙芝居の処で待っているがら」

「紙芝居来てだのがい。そんならこのマンジュウば持って行ったらいい」

饅頭を二つ紙に包んで朝子に渡してくれた。朝子は礼を言うと、父の顔も見ずに、小林の家を

出た。父の顔が見られなかった。まだ父も兄も、朝子が自転車で香代ちゃんに怪我を負わせたことは、知らないことは分かっているが、負い目が先に立っていたのだった。父や母にどのようにして話したらいいのか、心中パニック状態になっていた。

吾郎ちゃんには悪いが、自転車で遊ぶことも、紙芝居も、もうどうでもよかった。

真直ぐ裏道を家に戻ると、すぐ二階に上がって宿題の続きをしようと、机に向かっても手が付けられず、香代ちゃんが自転車にぶつかった瞬間や、泣きながら連れられて行った後ろ姿が目に焼きついて離れない。

〈おれ、自転車は持って行ったげんども、道が悪くって動けなかったんで、乗ってはなかった。そこへ香代ちゃんが後ろ向きで駆けて来て、ぶつかってしまったんだ。後ろから追い掛けて来ていた利夫と誠治君は、こっちを見ていた筈なんだげんどなぁー。香代ちゃんのほうがらぶつかって来たのを見ていた筈なんだげんどもなぁー。んでもやっぱりおれのほうが悪いのがなぁー。道の真ん中だったんだげんどぉー。おれだけが悪いんでない……止まっていた自転車に、向こうからぶつかって来たんだがらー、おれだけが悪いんでない……〉

自問自答を繰り返して、宿題に目を通す余裕を失っていた。

夕方、父と兄が小林宅の仕事を終え、戻って来ると、風呂に入り夕食の時間になっていた。姉の喜美子は台所で母の手伝いをしており、弟の浩司も友だちの処から戻って来ていた。祖母たかは、大きな折畳み式の卓袱台《ちゃぶだい》を出すと、丁寧に拭き茶碗を並べ始めていた。

夕食の時間になって、階下の姉から呼ばれても、今日の朝子は憂鬱《ゆううつ》だった。

〈……いつ、父や母に話そうか……〉

そのことで頭がいっぱいになって臆病になっていた。食事の味もなく、俯いたまま食べていた。

その日は、とうとう打ち明けられずに布団に入った。なかなか寝付かれなかったが、いつの間にか寝入り、朝、母から起こされて目を醒ましたが、憂欝さは消えてはいなかった。


二学期が始まって学校に行っても、香代とは学年も違うので、香代ちゃんが学校に出て来ているのかも分からなかった。恐ろしさが先に立って知りたくなかったのであった。

日が経っても臆病風が去らず、悶々の日々を送って親にも打ち明けられずにいた。

そんな日が続いた五日後、学校から戻って来ると、母から、「少し、店の片付けするがら、手伝ってくれないがぁー」と言われて、二階にランドセルを置いてくると、母と一緒に、店の片付けを始めた。

〈父も不在で母と二人だけ、こんな機会に打ち明けるべきなんだげんどなぁー……〉

押し黙ったまま考えながら、仏壇を組み立てるいろんな形をした材料をまとめたり、埃になっている物を拭くのは、特に何とも思わないが、トノコや漆の入った器をいじるのだけは苦手だった。板の間を拭いていると、店の前の大通りを、お母さんにおんぶされた香代が、頭に白い包帯を巻いて通り掛かった。母もそれを見付けると、

「香代ちゃん何したのぉ？　怪我でもしたのがぁー」

「お前んどごの朝ちゃんがら、五日ばがり前、自転車でぶつけられだんだぁー」

朝子は打ち明けるチャンスがあったのに、まごまごしている間に、初めて知った母は言葉もなくしばし呆然と、香代を見送っていた。

朝子は、いつかは知られてしまうことは、覚悟していたし、知られたからには当然父母から叱られることも覚悟していたので、小さくなっていた。

母は、傍に朝子がいることなど眼中にないかのように、何一つ朝子に声を掛けることもなく座敷に行くと、箪笥の小引き出しから、お金とのし袋と風呂敷を出すと、そそくさと出て行ってしまった。朝子は、この時も母に声を掛ける機会を逸してしまった。

母が、香代の家に謝りに行くことは分かっていたが、朝子は恐さが先に立って母に声も掛けられなかったのだった。

母が、十軒ばかり離れた香代の家に着いたころを見計らって、様子を見に行った。

香代の家の裏のほうから、隣家との間の垣根越しに見ると、母は、香代の両親の前に畳に両手をついて、平謝りに謝っていた。

何と言っているのか言葉までは聞こえなかったが、先程香代のお母さんが、「お前んどごの朝ちゃんがら、自転車でぶつけられたんだぁー」と言っていたように、朝子のほうが一方的に自転車で、ぶつかっていったようになっているのだろうか?

〈母が家に戻って、そのことを聴かれたら、はっきり事の次第を話そう。母がおれの不始末を畳に両手をついて謝っている。おれは何と親不孝なことをしてしまったんだぁー。んでも恐ろしくって口もきけなかったんだものぉー〉

後悔しても、今更取り返しのしようがないこと。朝子はそーっと足音を忍ばせて、その場を離れると、母より先に家に戻って店の片付けの続きをしていた。

それから間もなく母も戻って来た。朝子は〈今度こそ叱られる……〉覚悟はできていたので、その時の来るのをもじもじと落ち着かなかった。が、母は朝子に声を掛けることもなく、夕食の買物に出掛けて行ってしまった。

叱られるものとばかり思っていた朝子は、店の片付けを早々に切り上げて二階の机の前に座ったが、母の謝っていた姿が目の奥から離れず、宿題も手につかず後悔ばかりが頭の中を駆けめぐり、香代ちゃんの事故当時の片足を引きずって、二人に抱えられて行った後ろ姿が……また先刻見たお母さんの背の香代の頭に白い包帯姿が目に焼き付いて離れず〈おれ、とんでもない事をしてしまったんだぁー。どうしたらいいんだべぇー〉と罪悪感がひしひしと朝子の胸を締め付けていた。頭を抱えて考えたところでなす術《すべ》もない。

夕食の時間になって、階下の姉から呼ばれてもすぐには降りて行くことができなかった。姉がしばらく経って、また呼んでいたが行かれなかった。

それからやしばらく経ってから降りて行ったが、卓袱台の前には、兄弟たちは夕食も済んで父だけが長火鉢の前で、まだ晩酌を続けていた。母も台所から来て座ると夕食を食べ始めた。朝子は無言で食べながら〈今度こそ、父か母から叱られる……〉と覚悟していたので、ゆっくりゆっくり食べて、その時の来るのを待っていたが父母はその件については何も触れず、いつもの一日が過ぎた。

それから何日経っても、父母も兄弟も姉も一言も口に出すことなく、朝子もいつの間にか、忘れるともなく、頭の中から離れてしまっていたが、香代がそれ以来、左足を軽く足を引きずって歩いている姿を目にすると、あの忌まわしい事故の光景が、否が応でも思い起こされて、視線を逸らしたい気持ちだった。香代も、あの事故のことは一切、一言も口にすることなく、事故前の香代のままで、朝子を恨むような言動も一切なく、香代のお母さんとも、何回か顔を会わせる機会もあったが、朝子や朝子の家族をののしるようなこともなく、世間に知れ渡るようなこともなく、月日が過ぎて行った。

夏休みの早朝に、学校の校庭でラジオ体操がある。出席するとカードにハンコが押される。一日の欠席もないとハンコが、カードいっぱいになるのが嬉しかった。

朝子は小学六年生の夏休みのある日に、姉の喜美子と弟の浩司の三人で、家の柱に身長を計って印をつけた。姉の番になって計ったら、朝子の身長の線のほうが上になっていた。

「あれ……姉ちゃん、おれのほうが背が高くなったよぉー」

「どれどれ、もう一遍計って見るがらぁー」

姉は、朝子から身長超されたことを認めたくなかったらしく、何度も計ってみたが、結果は同じだった。

この秋、市太郎兄が結婚することになった。少し離れた町に建具屋さんがあり、そこの長女あき子が、兄のお嫁さんになって来てくれることになった。

式の前日になると、いつの間にか二階の座敷全部が式場に変わってしまい、朝子たちの机とかその他のゴチャゴチャしたがらくたは、どこに片付けられたのだろう?……何もかもきれいに無くなって、座敷の境の襖まで取り払われて、広い座敷になっていた。

〈こうして見ると、ずいぶん広いんだなぁ〉

式当日、秋とはいっても寒い夕方だった。お嫁さんの家からタンスやツヅラなどが、鉢巻きにハッピ姿の大勢の男性に担がれて、長い行列で、長持ち歌をうたいながらやって来た。沿道には近所の人たちの、大勢の見物人が集まっていた。

花嫁衣装に角隠しを身にまとったあき子は、仲人さんから手を引かれて来た。

家の入り口まで到着すると、ハッピ姿の若者が、またひとしきりお祝いの歌をうたうと、仲人の手を離れたあき子の手を、朝子が引き受けて家の中に誘導する役だった。

初めて大人物の着物に帯を締めて、初めて触れたあき子の手はすごく冷たかった。家の中を誘導し、二階の座敷に準備された嫁さんの座布団に座らせる。

その日は、結婚式決まりの三三九度の杯事から始まって、お祝いに集まってくれた親戚縁者の人たちが、夜中まで飲めや歌えの騒ぎ。〈どんちゃん騒ぎとは、このような事を言うんだろうなぁ〉と朝子は初めて見た結婚式に、ただただ目を見張って驚いていた。

だいぶ遅くなってお開きになり、家の中の片付けが遅くまで掛かった。

翌日の夕方から、今度は仕事関係の人々がお祝いの席に招かれて、再びどんちゃん騒ぎが始まり、この日もだいぶ遅くまで続いた。

二晩も続いたので、もう終わりなんだろうと思っていたら、三晩目は、近所の方々を招いてのお祝いだった。

〈結婚式って、三日も続くのがぁー。嫁さんもらうことって、大変なことなんだなぁー〉

二階の一番奥の部屋の八畳間が、兄たちの新居になった。

大きな家とはいえ、一軒の家に十人が生活を共にすることになった。

あの香代の事故から三年が過ぎた。香代の家は、道路の都市計画整理に遇い、どこかに引っ越して行ってしまった。

それ以後、二度と再び香代たちと逢うこともなく、香代の噂を耳にすることもなく、過ぎて行った。

時代は移り、時が流れて

昭和十六年春、朝子は尋常高等小学校の高等科の卒業式を迎えた。この間、無欠席・無遅刻で表彰された。朝子にとって初めての表彰状であった。この年の四月から小学校は『国民学校』に改められた。

それから十日くらい経って、朝子は両手にいっぱいの荷物を持って、東京行きの汽車に揺られていた。母親すみの姉に当たる、伯母のしまの許に行くために、不安と希望の入り交じった気持ちを押さえ、小さな胸を波打たせながら乗っていた。十三歳の年だった。

朝子たちは、兄姉も大勢いて育ったが、東京の伯母の家には子供がなく、朝子が高等科を卒業する一カ月程前に母から呼ばれ、

「東京の伯母ちゃんが、女学校さ入れてやるがら、来ないがって言ってるんだげんども、東京さ行く気あるがぁー……」

急に話されても、すぐには返事出来なかった。

「卒業まで、まだ日にちもあるがら、よーっぐ考えでなぁー」

〈この家にいても、これ以上の学校に行がれないし、卒業したら、兄や姉のように働きに出るこ

とは苦にはならないが、働いて家のためになることは、嫌ではないげんど、いっそ冒険しに東京さ行ってみるのもいいなぁー〉

何日間もそのことを思案していた。

「母ちゃん、おれ東京さ行ったら、この家の暮らし、少しは楽になる？」

「朝子は何ば考えてるんだぁー。父ちゃんも母ちゃんも、なんぼ貧乏していでも、自分の子供ば皆な傍に置いておぎだい。十本の指が体についているみだいに、一本でも無くなったら悲《かな》すい。それど同んなずだぁー、朝子、行ぎだぐながったら、行がなくたっていいんだぞぉ」

母の目にうっすら涙が溢れているのを見て、朝子は〈悪いごどを言ってしまったのがなぁー〉と気を持ち直して、それでも茶目っ気に肩をすぼませて、慌てて、

「母ちゃん堪忍なぁー、んでもおれ、東京さ行ってみだい気がするんだぁー。ちっちゃい時、母ちゃんに連れられで、東京の伯母ちゃんの家さ何回も行ったごどあったよねぇ。女学校さ行がれんのもいいし、どうすっかなぁー」

「んだがらぁー、もう少し考えてみろ。戦争もだんだんひどくなってくるみだいだがら、まだ、日にちもあるがらなぁー」

あれこれと迷い、兄姉たちにも相談してみたが、

「朝子さえ好《よ》ければ、後のことは心配ないがら、好きなようにしだらいい」

と、快く賛成してくれたが、兄姉をさしおいて、自分ばかりが上の学校に行く後ろめたさに考え込んで、卒業試験も上の空状態だった。

昭和十二年から日華事変が始まり、次兄の倉次が出征して戦地に行ってしまった。〈兵隊さんって、普通の人がなるんだなぁ〉と初めて兵隊は特別な人間ではなく、男性なら二十歳になった人なら、誰でも兵隊にならなければならない義務があることを教えられた。

朝子は、東京に行くことについて、〈女学校さ行がれんのは、魅力だげんども、そこを卒業したらどうすんのがなぁー。またこの家さ戻って来てもいいのがなぁー〉と考えていた。

高等科卒業式を翌日に控えた夕方、朝子は両親の前に行って聴いてみた。母は、「やっぱり行ぐごとにしたのがぁー」と寂しそうな表情になって、顔を伏せていた。

「父ちゃん、母ちゃん、おれ女学校さ行ぎだいがら、東京さ行がせでぇ」

「んだがぁー分がった。お前の好きなようにするどいい。なぁ父ちゃん……」

「んだなぁー、どごで暮らすも同《お》んなずだがら、学校さやってくれるって言ってるがらぁ、勉強するどいい。これがらの女子《おなご》でも学問が必要な時代に変わるがも知んないがらぁー……んでも、途中で投げ出すような真似だけは、するなよ。それだげの覚悟はあるのがぁー……」

「うん、大丈夫だよ」

母の横の長火鉢の前で、晩酌をしていた父は、頷きながら話し、

「……可愛い子には、旅させろって言うがらなぁー」

「だげんど母ちゃん、学校ば卒業したら、まだこの家さ戻って来て、いいんだべぇー」

「うぅうんそうだなぁー、それはなぁー、卒業までにまだだいぶ日にちもあるがら、そん時にな

ったら、また伯母ちゃんが何とか考えでくれっがらぁー、なぁ父ちゃん」

「んだなぁー」

その時、母はそう言って言葉を濁していたが、伯母夫婦と両親の間で、

『卒業したら、養女として藤崎家の籍に入れたい。学校に行っている間は自由にさせて、どうしても東京に馴染めないで、親許に戻りたければ、それも致し方がないことだし、その後のことはその時になってから、考えることにして、あくまでも、朝子が東京に来てくれるか、本人次第として、もしも来てくれるなら、養女のことも女学校を卒業するまで、様子をみていたいし、それまで伏せておきたい』

という約束のようなものが交わされていたとは露知らず、鈍行の三等車で、生まれて初めて長い一人旅をしていた。車中で朝子は、小さかった頃、母に連れられて、このように汽車に乗ったことを、思い出していた。

〈あれは、二、三歳の頃だったよなぁ。窓から見える大きな川に差し掛かった時、小舟が浮かんでいた。その当時は、船さえ見れば軍艦だと思い込んでいたので「母ちゃん軍艦いだぁー」と言って、辺りの乗客から大笑いされた記憶を鮮明に思いだした。あの当時は子供用の絵本に載っているものは、軍用機や戦車・装甲車・兵隊・軍艦ばかりだったので、船はどんな船でも軍艦なのだと、洗脳されていたので、母始め辺りの乗客から笑われた時、《おれは間違ったことは言ってないんだげんども……なして《どうして》笑われるのがなぁー》ときょとんとしていたっけ……〉と思い出して一人で頬がゆるんでしまった。〈伯母の家で、人形を貰って嬉しくなって、細い紐でおんぶさ

せてもらい、この時、人形にしても自分の背中におんぶするということは初めてだったので、嬉しさに人形の手を摑んで離さず、部屋中を回っていたら、とうとう人形の手がとれてしまい、大泣きした憶えがあり、その手を母が糸で縫いつけてくれるまで泣いていたこと等……。また東京の伯母の処から、柳行李《やなぎごうり》いっぱいに朝子たち子供の衣類を貰って来たことがあった。

その当時は、バスなどはどうだったのか記憶にないが、駅で待っているタクシーは無く、人力車が駅前に並んで客待ちしていた。大きな柳行李を抱えた母の着物の袂を、朝子は必死になって摑んでいたので、母はどんなにか辛かったことだろうか。それでも母は、生活のため欲と得の両方で、必死になってようやく駅の階段を昇り降りして、駅前まで出てくると人力車を頼み、母が座って膝に柳行李を載せたら、朝子の乗る場所が無くなってしまい、車夫は、「この子ば、歩がせるがぁー」と言っていた言葉を耳にして、朝子は、この駅前に置いて行かれるのでは……と思い、ここでも大泣きしてしまい、人力車に母と一緒に座って、その膝に柳行李の重いのを載せて、家まで戻った記憶があった。

今思い返せば、その時の人力車の車夫は、相当重かったに違いなかった。そして、その時の母親の、人力車を使ったことなどは、こんな時だけの精いっぱいの贅沢だったに違いない。後にも先にもこの時だけだったようである〉

想い出に耽っていて、ふと辺りを見渡すと、正午になっていたのか乗客たちは弁当やオムスビを出して食べている。朝子も、今朝母が作ってくれたオムスビを出して食べ始めたが、一人で食べる味気ない食事も初めて経験した。

早朝母に見送られて、山形の駅を発ち、午後四時半ころ、ようやく上野駅に着いた。改札口に伯母しまが迎えに来てくれていた。

大人になって、東京の地に第一歩を踏みだした。伯母の後について、西郷さんの銅像を見て、そこから見える市街の、田舎と違った景色に目を見張り、まだ蕾《つぼみ》の桜の下をくぐり、省線電車（現在のJR電車）に乗せられ、どこをどう通って来たのか、行く処、人、人に圧倒され、伯母から離れないようについて行くだけで、車外の景色などは見る余裕もなく、途中で市電に乗り換えた。

どこの何という駅で降りて、市電に乗り換えたのかも分からずに、市電に乗り換えたと思ったらすぐ、伯母から、「ここで降りるよ」と促され『蔵前一丁目』の文字を目の前にして、その前が伯母の家だ。市電の安全地帯を降りるとそのまま伯母の家に、真直ぐ入れるのを朝子は記憶しており、

「あっ、伯母ちゃん憶えでるぅ。ここだなぁー伯母ちゃんの家。ちっちゃい時来たごどあるがらぁー」

「憶えていたかい。昔のまんまの家だもんねぇー」

伯母に案内されるまでもなく分かっていたが、伯母の後について家の中に入り、伯父は皮革問屋を営んでいたので店内の間口も広く、一階全部が店になっており、奥のほうに事務室と台所があり、その手前の店のほぼ中央あたりから二階に登る階段がある。

この緩やかならせん階段も記憶にあった。生家の階段は真直ぐなのに、ここの階段は少し曲がっている。生家の階段と比較していたので、このような階段の在る家は初めてだったので、記憶に残っていた。

階段を登って左の茶の間に、品のいい白髪の伯父藤崎達蔵が、悠然と長火鉢の向こうに座って、長いキセルでタバコをふかしていた。朝子は、畳に両手をついて母から教えられた通りに、「お世話になります。よろしくお願いします」と挨拶をすると、伯父の達蔵は笑顔で、「よく決心して来てくれたね。大きくなって身長どのくらいあるのかな?」と聞いた。

「だいたい一六五センチくらいあるんでないがなぁ」

「そうかい、そんなにあるのかい。おじいさんも体格のよかった人だったから、朝子の母さんも身長があって、それを朝子も受け継いで、好いところばかりを受け継いでよかった、よかった。田舎のみんなは変わりないかい?」

「はい、みな元気だっす」

「そうか何よりだな。あぁ疲れただろうから、ほら、ばぁさんや、朝子を部屋に連れて行って、休ませなさい」

朝子は母から預かってきた、伯母夫婦への品を差し出すと、伯父は早速包みを解き、餅を見付けると、更に相好をくずし、

「これはこれは有りがたいなぁ。田舎でも大変だろうに、こんなにいっぱいの餅を……こればぁさん、おーいばぁさんや、早く餅を焼いておくれ」

「まぁまぁ何ですねぇあなた、大きな声を出さなくとも、聞こえますよ。子供みたいにねぇ。ほら朝子も笑っているじゃないですか」

伯母のしまも笑いながら、火鉢の火を掘り起こし、

「朝子を部屋に連れて行くのと、お餅を焼くのと、どっちが先なんですか？」

「朝子も一緒に食べよう。着替えはそれからでもいいよな。そうしよう、そうしよう」

と一人ではしゃいでいる。伯母は火鉢の上に餅を焼く金網を載せ、朝子の方を見て笑っている。その時、襖の向こうで、「ただ今帰りました」と女の人の声がして、襖が静かに開いた。この家のお手伝いさんのお静だった。朝子はお静のほうに向きを替えて、挨拶をしようとすると、

「あら朝子ちゃん、いらしてたんですかぁ、よくいらっしゃいました」

先に挨拶をされ、朝子も急いで、「お世話になります。よろしくお願いします」とひょっこり頭を下げると、

「朝子ちゃんとは、九年か十年振りですよね。すっかり大きくなられてぇ……」

母に連れられて来ていた頃は、このお静も当然ながら若々しかったが、今のお静は昔の面影はあるものの、化粧っ気もなく水分を抜かれたような顔をして、それでも笑顔で朝子を迎えてくれた。餅の焼けた臭いに誘われたように、二匹の猫が背伸びしながら、のっそりと起きだして、伯母の動く手にじゃれついていた。

日華事変が長引き、前年の十二月より太平洋戦争に拡大し、米・英を相手に初戦は真珠湾攻撃

により日本軍は赫々たる戦果を挙げ、日本の意気盛んなることを示し、全国民は、提灯行列や旗行列をして勝利を祝ったが、それとは裏腹に世の中が不景気を増すことになり、伯父の経営している皮革商品は名のみとなり、店だけはガランとして広くなっていた。

店の奥に事務机が二つと、その上に電話機が一台、それに帳簿が少しばかり立て掛けてあり、一人残っていた事務員も今月早々応召してしまったということで、この店も開店休業の状態になっていた。

お静の案内で、朝子に当てられてある部屋に入った。窓を開けると電車通りが見下ろせる、店舗の真上にあたり、六畳間に勉強机まで用意されてあった。

持って来た少しばかりの着替えを押入の中に入れ、改めて部屋を見渡し、〈今日から、この部屋が私一人のもの。こんな贅沢していいのがなぁー。家では机が一つだったので、順番に使わなければならなかったのに、机の引き出しなども共同だったのに……いいのがなぁー〉

生家では考えられなかったことだけに、六畳間がやけに広く見えた。

隣がお静の部屋になっていた。

何時になったのだろうか。外はもうすっかり暗くなっており、人のざわめきも大きく響いてくる。市電も一層せわしなく走っている。時計の無いのは不自由とは思わないが、生家の大きな柱時計が頭の中に浮かんできて〈今頃、両親や兄姉・祖母たち、何してるのがなぁー。いつもラジオを聴いていた弟。姉は母の手伝いをして、父も兄も風呂上がりの頃だろうがなぁー〉

「朝子ちゃん、夕ご飯ですよー。向こうの茶の間まで来て下さいね」

お静が呼びに来てくれた。

「はい」

お静の後から茶の間に入ると、卓袱台の上に四人分の黒塗りの木のお弁当箱が四つと、お吸い物が添えられてあった。大人だけの中に混じって、初めてこの藤崎家の食事をとった。食べながら伯父は、

「朝子が行く女学校はなぁ、神田にあって女の校長先生で、このわしの友達なんだよ。朝子のことはよーく頼んでおいたから、明日の朝、早速行ってみよう」

「何という女学校なんですか?」

「I女学校といって、校長先生は女でも厳しいぞぉー」

「科は何と何があるんですか?」

「普通科と商業科と家庭科があるけど、一応普通科に頼んである。家庭科がよければ、明日行った時に替えても構わないぞ」

「普通科で、いいと思います。なぁー伯母ちゃん?」

「あなたぁ、明日は朝子を観音さま参りに連れて行くって、言っておいたのに……」

「観音さまなんか、目の前じゃぁないかぁ、いつだって行かれるだろう。学校が先だよなぁ、朝子……」

朝子は返事をし兼ねて、ただニコニコ微笑んでいた。

「あなたは、朝子を先取りするんだから……」

「おやおや、ばぁさんは、やきもち焼いてるのかなぁ、ワッハハハハ。さっきの餅とどっちがねばるかなぁー、ハハハハハ……」

「観音さまに行って、朝子と仲見世見物しようと、楽しみにしてたんですもの、この人ったらぁ……」

と軽く伯父の腕を指で突いて笑っている。

「仲見世で買物したいのは、ばぁさんのほうだろう。観音さまだってしょっちゅう行ってるじゃないか。朝子をだしにして、また買物したいんだろう、ワッハハハハハ。観音さまは逃げやしないよ、ハハハハハ」

傍からお静が、

「朝子ちゃんが見えたら、急にこの家に太陽が差し込んだみたい。昨日までは三人だけでひっそりしてたけど、今日はどうでしょう。パッと賑やかになって……」

「家族が増えるっていいことだなぁー、殊に、若い人がいると、わしらまで若返るんだから、若い人の見えない力みたいなものって、不思議だねぇー」

こうして、皆に暖かく迎えられて、朝子はこの藤崎家の一員となった。


手洗いは階段の隣にあり、二階に手洗いがあることさえ朝子にとって驚きなのに、生まれて初めて水洗を使って、恐る恐る鎖の紐を引っ張ったら勢いよく水が出てきたので、更に驚いた。朝子は急いで戸の外に出て、〈この水、止まるべぇがぁー、溢れ出したりしないんだべぇがぁー。

止まらながったら、なじょしたらいいんだべぇー〉生きた心地がしなかった。胸を押さえて立ち尽くして落ち着かなかった。水の音が弱くなって止まったらしい。確認するため再び戸を開けて、確かに止まったのを見てやっと安心でき、胸を撫でおろした。

部屋に戻るとお静が、朝子の布団を敷いてくれていたので、手洗いの水のことを話すと、お静はケラケラ笑って、「私も、水洗に替わって、一番最初はそうだったんですよ。でも慣れると何でもなくなりますよフフフフフ」先輩らしく平然と笑って話してくれた。

「でも、もしかしたら学校でも、水洗かもしれないからね」

「んでも、いちいちあんなに水を流すのぉ、もったいないなぁー」

お静が布団を敷き終わり、押入の戸を閉めたので、朝子は、

「お静さん、自分で布団くらい、敷けるがらっすー。これくらいできるがらっすー」

お静とそんな会話をしているところへ、伯母も顔を出し、

「そうだよお静、一日や二日のお客さんじゃぁないんだから、自分でできることはやらせなさい」

「それもそうですね。じゃ朝子ちゃん、お休みなさい」

「お休みなさい」

伯母もお静も引き下がった後、布団の感触を味わってみた。ふかふかの布団に夜着というものを初めて手にして、肩から衿にかけて大きくついているビロードの肌触りに〈何とすてきなんだべぇー。生家ではセンベイ布団に、兄たちのお下がりの寝巻を着て雑魚寝して、それが当たり前

のように思っていたげんども、世の中の裕福な家には、いい物があるんだなぁ……〉

再び押入の中を見たが、他に布団が無いので使うことにした。コタツの無いのが寂しかったが、そーっと布団に入ってみる。雲の上にでも乗ったような気分で、寒さも疲れもいっぺんに、消し飛んだように味わっていたら、〈ああ、そうだぁー、汽車の中で想い出した。ちっちゃい時の、ここの伯母ちゃんの家で貰った人形の、手が取れて大泣きしたあの人形……あの人形は、帰りにしっかりおんぶして、母と人力車に乗ったまでは記憶していたが、その後どうなったんだっけぇ。あの後あの人形と家で遊んだ憶えは……どうなったんだっけぇー……姉と弟と蚊帳の中でしりとり遊びをした『しま』おばちゃんの家に、今、いるんだよなぁ〉

いろんな想い出が蘇ってくる。いつの間にか深い眠りについた。

翌朝、お静から起こされ驚いて飛び起きた。

「はい、今何時だっすー」

「もう八時半ですよ」

「すぐ行ぐっすー」

とは言ったものの、あの手洗いを使わなければならないかと思うと、考えてしまったが、昨日のお静の、〈慣れるということと、ここに住む以上慣れなければ……〉という言葉で、変な処に意を決して使ったら、不思議と恐さがなかった。

階下の台所で洗面を済ませ、茶の間に行くと朝飯の用意が出来ており、といっても昨夕と同じ、木の弁当箱が四つに、味噌汁がついてあった。

「お早ようございます」

挨拶をして、卓袱台の前に座ると、伯父が、

「お早よう。昨夜はよく眠れたかい？」

「はい、もうぐっすり寝たっすー」

傍から伯母も、

「お早よう朝子。徐々にでいいから、そのずーずー弁、直すようにしないと、女の子がオレだの、オラァだのって、東京の人に笑われるんだから、学校でも田舎者扱いにされるからねぇ」

「はい、直すようにするっすー」

言ってしまって、首をすくめてお静のほうを見ると、お静も笑顔で朝子を見ていた。そして、

「私も最初はずーずー弁だったから、直るまで、大分掛かったのよ」

と朝子を勇気づけてくれた。

「食べ終わったら、出掛けるよ」

伯父からせき立てられ、市電に乗り、浅草橋駅から省線電車に乗り換え、秋葉原で再び乗り換えたと思ったら、次の停留所が神田だった。

駅から歩いて程なくI女学校があった。朝子は胸をときめかせて、伯父の後について校門をくぐった。

校長室に案内された伯父と朝子は、まだ出勤していない校長先生を待った。

「伯父さん……」

「うん、何だな朝子」

「………」

「どうした？　何か心配事でもあるのかなぁ」

「ううん、心配なんて何もないげんどぉー」

「そしたら、何だね」

柔和な顔をして朝子を見て微笑んでいる。朝子は胸に思っていることを、切りだしはしたものの口ごもってしまった。

「こんなごど、聞いたら悪いがなぁ」

「どんなことだい？」

「伯父さんどこでは、朝も弁当箱さ入ったご飯だげんど、なして茶わん使わないんだぁ」

「何だぁーそんなことかぁー、ハッハハハハ」

「夕ご飯だげが弁当箱だど思ってたら、今朝も弁当箱なんで、なして《どうして》がなぁと思ってぇ」

「朝子は弁当箱で食べるの、嫌なのかい？　茶わんで食べたいのかい？」

「やんだ《いやだ》って言うわけでないげんども、何だがいつでも学校さ行ってるみだいな、気がするんだぁー」

「ハハハハハッ、そうかそうか。伯父さんとこでは毎日三食弁当箱で届くから、嫌にならないように慣れてくれよな」

「届くってどごがら、届くんですかぁー」

「近くにちょっとした小料理屋さんがあって、配給の米をそこに持って行くと、三食弁当になって家に届けられるんだよ。お菜の分は金で毎月支払っているんだよ」

「そしたら、お静さんは、台所の仕事は？」

「今は別に家の中のことはしてないが、昔、店が繁盛していた頃、店員の事から走り使いから、掃除から家の事から何んでもしていたんで、それ以来、小料理屋さんに食事を頼むようになったのが、今も続いているようになってしまったんだよ。お静は今、一応勤労動員に借り出されているが、家にいる普段の時は、ばぁさんと猫と一緒に昼寝ばかりしておる」

「そしたら、一階にある台所も使わないんですかぁ」

「あそこは、ただの流し台になってしまったぁ。料理などする処じゃなくなったが、味噌汁とか、ちょっとした温めものには使っているが、主に、洗面に使うくらいなもんだよ。わしもそうだが、お静からも皮革問屋の仕事を取り上げられたのは、戦争ということになるのかなぁー」

伯父は寂しげに目を伏せて、話していた。

「お静さんの田舎も、やっぱり私と同じだったんですよね」

「わしらもそうだが、全員同じ、同郷ということになるなぁ」


卒業式も済んで、生徒一人いない校舎は、がらーんとして静まり返っていた。隣の職員室から、時折り教師たちの話声が聞こえるだけ。

その時、境のドアの向こうでノックの音がして、静かにドアが開いて、絵から抜け出たような、素敵な洋服を身にまとった、すらりとした体型の女の人が入って来た。

伯父から厳しい校長と聞かされていたので、校長先生のイメージとして、もっと別な方に思っていただけに、〈この方が校長先生だったら、なんと素敵な、綺麗な先生なんだろう〉

朝子は緊張した面持ちで、伯父と一緒に立ち上がってお辞儀をした。

「すっかりお待たせしたそうで、どうも済みません」

「いやいや、こちらこそ連絡なしで来てしまって……この子が先日、お願いしました朝一朝子です」

紹介されて、朝子はますます緊張して、

「朝一です。よろしくお願いします」

「私がこの女学校校長の稲村です。どうぞお掛けになって……あなたの伯父さまとは、四十年来の友達なんですよ。お国は東北だそうで……」

「はい、そうです」

「……そんなに硬くならないで、オッホホホ」

朝子は安堵したように肩の力を落とし、ため息が出てしまった。

〈容姿も素敵だげんども、こういう人は笑い声まで素敵なんだなぁー。やっぱり東京は違うんだなぁー〉

「あなたの伯父さまの藤崎さんとは、大学が一緒でねぇー……」

〈ハァー女の人が大学に……今でも女の人が大学に入るなんて、あまり聞かないのに、この年代

ですごいんだなぁー。校長先生になる人は大学に行くんだぁー。東京なんだなぁー〉

朝子は驚いて、校長先生の顔を見つめていた。

「……あの頃は、大学でも女生徒が少なかったでしょう。男性と机を並べることが禁じられていたもんですから、今の時代になったら、あの時よりももっと厳しくなりましたけどね、ホホホホホ。最初は私、医者になろうとして大学に入ったんですが、だんだん気持ちが変わって、教育学部に替えて、それが今になってこうして皆様に役に立っているんですからねぇー。だけど藤崎さんは、私がここにいること、よくお分かりでしたのねぇ」

「そりゃぁ、蛇《じゃ》の道は蛇《へび》というじゃぁないですかぁ、昔の悪友連中が、何でも教えてくれるんですよ」

「あら、あの当時の連中と、まだお付き合いされていたんですね。そうだったんですかぁ。それにしても、その悪友たちと交際してらして、ご商売に影響は？　大丈夫なんでしょうね？　悪い方面では、切れない仲なのかしら、ホホホホホ……」

「いやぁー、稲村先生には適いませんなぁー、お察しの通りかも知れませんなぁ。それにしても、稲村さんは、昔とちっとも変わらず美人ですなぁー、あの頃からわしらのあこがれの女性《ひと》だったですよ。思い出しますなぁー」

「まぁー、今更古いこと持ち出しっこなしにしましょうよ。今は、すっかりおばあさんですから、ホホホホ……。そうそう、朝一さんに入学案内書を渡さなければねぇ。私たちの古い話ばかりしていて、ご免なさいねぇ」

隣の職員室に行った校長は、案内書を手にしてすぐ戻って来た。その後も校長先生と伯父は、しばらく振りに逢ったので尽きることを知らぬかのように、昔話を続けていた。

「来週の二十日、二次試験がありますから、その時は、一人で来られますよね」

「はい、大丈夫です。来られます」

「おやおや、稲村先生、私を敬遠ですか？」

「あら、そんな意味じゃぁありませんことよ。試験会場に父兄同伴はないでしょう。それまでに、通学路を朝一さんに憶えて欲しいからで、これから自立しなければならない若者ですからね、ホホホホ……」

「わかってます、わかってますよ。稲村さんはそんなところまで、昔とちっとも変わってないですなぁ、冗談冗談、ハハハハ……。朝子には厳しく教育頼みますよ、ハハハハハ」

伯父も笑いながら、一緒に校門を出た。


この伯母夫婦の家を背にして、右のほうに行くと、浅草の観音さまがあり、左のほうに行くと浅草橋駅、その向こうに丸い屋根の国技館があり、翌日は伯母に合わせて、浅草を見物して歩いた。仲見世は、若い朝子にとって見るもの総てが欲しい物ばかり。「何か欲しい物、あるかい？」と聞かれても、「これが欲しい」とはまだ遠慮して口に出して言えず、「今日でなくても、今度来たどぎでいいっす」などと口をついて出てしまう。

顔も姿も母親すみにそっくりなのに、まだ実の母親のようにはしっくりゆかない。

「お観音さまは、小指くらいの大きさなんだよ。それなのに、こんなに大きなお社に入っているんだからねぇ、門の両側には恐ろしい顔をした仁王さまの護衛兵を、二人もつけているんだから。有り難いお観音さまだから、朝子も試験に合格するように、これ、お賽銭あげて、お祈りしなさい」

「お観音さまって、偉いんだねぇ」

伯母の前では、出来るだけ言葉に気をつけて喋るようにしていた。

「願いごとを適えてくれるから、朝子は試験前なんだから、手を合わせてお願いしなさいよ」

「はい」

伯母から貰った一銭硬貨二枚を賽銭箱に入れると、神妙な顔をして合格を願って合掌した。

大きな提灯の下がっている門を出ると、すぐ左の道に入り遠い親戚にあたるという、もう一人の秀代おばの家に行くことになった。秀代おばは髪結《かみゆい》店を営んでおり、日本髪を主にしていた。連れ合いに先立たれてからも、お弟子さんと店をやっていたが、戦争とパーマネントの流行で日本髪を結う客が少なくなったと、こぼしていた。

朝子とは小さい時に逢っているというが、朝子には憶えがなかった。

「いい娘さんになったねぇー。これから近くになったんだから、ちょくちょく遊びに来ておくれね」

そのおばは、目を細めて朝子におひねりをくれた。

その翌日、国技館に相撲を観に連れて行ってくれた。初めて観る大きな建物に圧倒された。

〈東京というところは、いろんなところがあって、面白いなぁ。地図の上では山形のほうが面積が広いのに、こうしてみると東京のほうが広く感じるのは、なしてだべぇー〉

「学校に行くようになってからは、なかなかこんなところにも、見物に来られなくなるからね」

相撲はラジオで聴いたことがあるが、初めて本物の関取を目の前にして、〈こんなに大きな体の人間が本当にいるんだぁー。そして大きい関取が負けて、小さい関取が勝っている。行事も『技あり』なんて言っていたが、相撲は力ばかりでなく、技が必要なんだなぁ。国技というんだから、日本国有の技なんだなぁ〉と思った。

立ち見席だったので、力士の顔まではっきり見ることは出来なかったが、山形の母に手紙を書いて出そう。母は何と言うだろう。

翌朝、朝食の時間に伯母は、

「朝子、学校に行くのに、鞄が要るだろう。今日は、銀座の三越に行ってみよう。お静……お静まだなのかい……」

お静が、階下から出来たての味噌汁を持って上がって来た。

「あ、お静や、朝子も一緒に、今日は銀座の三越まで行くからね」

「あぁそうですか、そうしたら、食べ終わったら準備します」

「そうしておくれ」

何やら、朝子が来たばかりに伯父を始め、伯母、お静まで、慌ただしい日が続いているようだった。

銀座まで出ると、道は人、人の波に押されて歩いているような混雑に、〈この人々は、何を目的に歩いているんだべぇ、どごがらこんなに集まって来たんだべぇ。私と同じお上りさんもいるがも知んないげんど、東京って、なして《どうして》こんなに人がいっぱいいるんだべぇー〉

どこからか、湧いて出て来た人のように、人に圧倒され、自動車二、三台が人波を掻き分けるように、人の歩みよりものろのろと走っているのが、滑稽に見えた。

日本髪を結って、和服を着てパラソルをさしている女の人もおり、また、その反対にその当時、殊に朝子にとっては珍しいモダンガールという人たちなのだろう。髪の毛にはパーマネントをかけ、西洋の長い洋服を着て、カカトの高い編み上げ靴を履いて、パラソルをさしている女の人もいた。

沿道の柳の木を見て、〈あぁ、これが歌にもあって有名な、銀座の柳かぁ。田舎には無い珍しい物ばかりだぁー。高い建物もずらり並んで、やっぱり東京なんだなぁー〉

どこをどう歩いて来たのか、ただ、伯母とお静さんから離れないように、ついて行くだけで、精いっぱい。田舎者の典型的な顔をして、キョロキョロついて行った。

いつの間にか地下に入っていた。地面の下にも建物があって、ここにも人がいっぱいいる。総てが初めて見るものばかりで、ただただ圧倒されることが多く、初めて体験することの連続に、朝子は少々戸惑い、興奮を隠しきれなかった。

〈地下にも電車が走っている。これが地下鉄というものなんだなぁ。この電車、どごがら地下に潜って来たんだべぇー〉

驚くことがまだ目の前にあった。伯母に促されて下車した処が、三越デパートの入り口に直結している。〈この電車、いつの間にか地上に出ていたんでは？……〉と思ったが、お静は、「ここはまだ地下なのよ」と教えてくれた。目を丸くして、都会のすばらしさ、技術のすばらしさに声もなく、見渡すばかり。

〈山形の兄姉たちにも見せたいもんだなぁ〉

朝子は、自分一人ばかりが見物出来たのが、もったいない感じだった。

このデパートの、これも初めてのエスカレーターに乗せられ、動く階段に恐る恐る足をかけると、思っていたより恐怖感がなく、伯母もお静も慣れている顔をして乗っているので、朝子も平静さを装って乗った。

何階に出たのか、伯母が呼んでいる。

「朝子、鞄があるけど、自分で選びなさい」

お静にも相談したが、「私には分からないから……」と言う。あれこれ迷ってしまう。その中の一つを選んだ。

「伯母さん、これでいいですか？」

「朝子も、言葉に気を使って、喋られるようになったじゃぁないかぁ。やっぱり外に出すべきだね」

と小声で言う。朝子は伯母から誉められて、〈この調子で喋るようにすればいいんだな。慣れるということは、案外簡単かも知れない、言葉は教科書にも書いてあるんだから〉

通学の鞄を買ってもらい、三日後、女学校の二次試験を受け、合格の発表も程なくあり、四月より制服を着て通学が始まった。

電車通学も考えていたよりは苦にならず、木の弁当箱を持って通い、いろんな体験をして、伯父、伯母さんたちとも、何とか生活できていることを、学校では友達もでき、楽しい女学校生活をしていることを、父母、兄姉たちに便りを欠かさず知らせていた。

森下仁丹の看板が、至るところに貼ってあって目立っていた。看板の人物は立派な髭《ひげ》をはやして、肩章のついた軍服のような服を着て、天皇陛下が儀礼の時に被るような羽の付いている高い、これも立派な帽子を被っていたものだった。

ブリキで出来ていたこの看板は、古くなって所々剝げて錆が出てしまっても、いつまでも付いたままになっていた。仁丹という薬は、銀色をした丸い小粒状になっているのは分かっていたが、何の薬なのかは知らなかった。

その当時は、何年経ってもそのような看板にも、民家の板塀にも落書一つ書かれたのを見たことがなかった。いつも綺麗な町並みだった。

夏休みには山形に戻り、遠慮なく手足を伸ばせる生家は、やはり東京生活と違った自由があった。ずーずー弁も誰からも注意されずに喋ることができ、それは当たり前のことだが、茶わんでご飯も食べられ、祖母の手作りの味噌汁が、何杯もお代わりできるのが、嬉しかった。

一カ月近くをのんびりと過ごし、しばしの別れにどちらからともなく、見送りに来ていた母と二人、互いに頬を濡らし、東京に戻った。

女学校一年生の三学期末に、朝子は生家の山形にまた戻ろうか？ どうしようか考えている時に、伯母から、「朝子、日劇を観に行こうか？」と声をかけられ、翌日女三人で日劇を鑑賞に行くことに誘われた。

「戦争がひどくなったら、日劇なども観られなくなるからね。お静は……お静……まだ戻ってなかったかなぁ」

「お静さん、まだのようですよ」

「多分お静も大丈夫だと思うけどね。朝子も初めてだし、ねぇ、あなた、行ってもいいでしょう？」

「ばぁさんは、駄目といっても、一旦決めたものは、必ず行ってるじゃないか。朝子も期末休みなんだから、行っておいで」

そこへお静が、勤労動員の仕事から戻って来て、伯母も早速お静に話すと、お静も好きなほうらしく、「行きます。しばらく行ってなかったから、行きます。嬉しいわぁー」、翌日女三人は、朝食を済ませると早々に身仕度をした。

「朝子は学生服を着て行ったら、いいんでないかい」

「制服で、そのような処に入れるんですか？　ねぇ伯父さん、どうでしょう？」

「そうだなぁ、劇場の中で制服を着て観ている人って、いないんじゃぁないのかい」

　傍からお静も、

「そう言われれば、制服着ている人って、いないですよね」

「そうだよね。制服では駄目なんだよねぇ」

　伯母もようやく納得してくれた。伯父の、「楽しんでおいで」の声に送られて外に出ると、伯母が、「制服姿の朝子と一度でいいから、一緒に歩いて見たかったんだよ」と言う。

「あぁそうだったんですかぁー。じゃ今度家の近く辺りを、そうですねぇ、駅辺りから、家までとか……裏の隅田川辺りを散歩するとか、しましょうか？」

「そうだね、期末休みのうちに一回か二回くらい、出来るよね」

〈伯母は、制服姿の私と一緒に歩きたかったんだ。私もそんな細《ささ》やかな伯母の希望を、叶えてやらなければ……〉

　初めて日劇に入って朝子は驚いてしまった。

〈うわー……世の中にこんなにも煌《きら》びやかな処ってあったんだぁー……〉

　言葉もなく、ただ見惚《みと》れていた。開幕してダンサーたちがラインを作って出てきて、再び美しさと、全員が揃っている体型と、訓練されている踊りに、寡黙《かもく》になって見惚れていた。

〈戦時中なのに、こんなに煌びやかな処で、のんびりと観ていていいのかなぁー。戦場で戦っている兵隊さんに、何か悪いような気がする……〉

昨日伯母が、戦争がひどくなったら、日劇も観られなくなるだろうから……と言っていた。

〈たった一回だけしか観られないだろうと思うし、最初で最後だろうから、今回だけは勘弁してもらうことにしよう〉

帰りの道々でも朝子は寡黙だった。伯母に、「朝子、今日はいやに大人しいね。どうかしたのかい？」と声を掛けられて、「ううん、……別に……ただ初めて観たんで、あんなに素晴らしいところあったんですね。あんなに素敵な衣装もあるんですねぇ」

「そうかぁ、朝子は初めて観て、少し興奮してるんだねぇ」

「そうですねきっと……」

傍からお静も、「私もしばらく振りで観たんで、ちょっと興奮してるから、初めて観た朝子ちゃんは尚更興奮するわよねぇー、それに若いんだもの」

家に戻ると、伯父が、「どうだったね？」と聞く。伯母は、「素晴らしかったですよ。あなたも一緒すれば良かったのに」

「男があんなの観てどうするんだね。若いんだったらまだしも……朝子どうだったね」

「素晴らしかったです。有難うございました。田舎の姉にも観せてやりたいくらいでした」

「そうかい、そりゃぁ良かった。手紙でも知らせてやりなさい」

「はい、そうします」

その日の夕食時にも、日劇の話が尽きなかった。

昭和十八年。戦時色が次第に濃くなってきた春、朝子は二年生に進学し、何の科目の授業だったか忘れたが、男性の教師の時間で、その先生はとても滑稽な話をするので、生徒たちから大変好かれていた。その授業中に突然「お前たち、将来家庭を持つようになったら、職場に近い処ではなく、少し離れた職場の見えない処に、住んだ方がいいからな」と教えてくれたことがあった。その言葉が、どんな意味を持ったものか、朝子はこの時点ではわからなかったが、この言葉はいつまでも脳裏に、忘れることなくしまってあった。

この春から夏にかけて、雷が例年よりずっと少ない。世間の人々は「雷も戦争に行っているんだよ」と噂し合っていた。

教科書の英語の本は強制的に没収され、社会や地理・国語の本の中に、一字でも英語の活字があれば、徹底的に、軍の命令により見えなくなるまで墨で塗り消された。

〔戦後になって耳にしたことだが、日本は悉《ことごと》く英語を書くことも、もちろん喋ることも、レコードの洋風のものを聴くこともできなくされたが、アメリカではむしろ反対に、日本のことを徹底的に研究した。日系人は収容所に隔離状態にはなったが、二世たちに日本語を学ばせ、日本の軍事に関する秘密情報なども解読できるまで、教育されたという。

山本五十六海軍大将が、飛行機で移動する無線も、アメリカ軍により傍受されていて、途中で攻撃を受け、撃墜されたということである〕

日に日に戦争の色が濃くなっていった。本屋さんの店頭からも次第に本の姿が少なくなっていった。

母からの便りで、三男の清司兄も中国北部に召集されて、行ってしまったという。

銃後を護る者は、食糧はもちろんのこと、着る物などや履物などの総てが、目に見えて窮《きゅう》し、若者が毎日のように出征して行くのぼりや、日の丸の旗が目立ち、男性は次々に戦場に駆り出されていった。もはや金糸・銀糸の入った着物を着る人もなく、『贅沢は敵だ』『パーマネントはやめませう』等のスローガンが貼りだされ、戦争の深刻さをいやが上にも、叩きつけられるようになっていった。

桜の花も散って深緑色に包まれ、ツツジの蕾が出始めた昼休み、学校で昼食の弁当を食べはじめた時、一台の風行機が上空を通過した。当然のことながら、校内も世の中も騒然となり、帰りの電車の中でも、「確かに敵の飛行機だった」とか、「早稲田大学の校庭に、爆弾を落として、大きな穴を開けたそうだ」等と、噂し合っていた。

それが真実かどうか分からないが、それ以来『流言《りゅうげん》蜚語《ひご》にのるな』とビラが至る処に貼られ、ラジオでも放送され、日毎に緊張の戦時一色となり、隅田川の夏の名物花火大会も、時節柄姿を消す噂も出て、ネオンサインも次々と消され、街角の外灯も消されて、殊更、夜が暗くなった。上野動物園の猛獣たちも、大分前に、戦争によって逃げだした場合『危険』ということで、始末されたことを知らされた。

毎月の配給の米を、小料理屋の『高瀬』に届ける日、お静から、「朝子ちゃんも、一緒に行ってみる?」と声を掛けられ、勉強を半端にしてついて行くことにした。一階の台所まで来ると、「一寸待っててね」とお静は、傍に配給米の入った袋を置くと、床板を剥がして貯蔵庫に降りて行った。好奇心を抱いた朝子も後から降りて行った。お静が何をしに降りて行ったのか、この目で見たかったのだった。

お静は、大きな茶箱から升で米を計り、木綿袋に入れていた。木炭だけの貯蔵庫かと思っていたら、お米まで貯蔵してあった。つまりそれは闇米であった。

配給米の入った大きな袋をお静が持ち、小さいほうを朝子が持ち、裏口から六段のコンクリート階段を降りて、夕闇迫った小路を歩いて十分ばかりで『高瀬』に着いた。小料理屋『高瀬』の看板も出ていない、一見普通の家のような小料理屋さんだった。

女将さんが愛想のよい笑顔で迎えてくれた。お静は朝子を紹介すると、女将さんと話に夢中になって喋り始めていた。余程ここの女将さんと話が合うらしい。

そこへ「ただ今」と大学の制服を着て、学生帽を被って小脇に鞄を抱えた青年が入って来た。女将さんが、「おや、お帰り、今日は早かったのね」と言い、お静も慣れた口調で、「お帰りなさい坊っちゃん。いつもお世話さまになってます」と軽く会釈をしたので、朝子も一緒になって無言で会釈をすると、女将さんが傍から、「あぁ、聡《さとし》も朝子さんにお会いするのは、初めてですよね。こちらが藤崎さんとこに、おいでになっている朝子さんですよ」と紹介された。聡は靴を脱ぎかけていたが、踵をぴしっと音を立てて合わせると、「はじめまして、この家の長男の聡です。

いつも藤崎さんからは、お世話になってます」ときびきびした態度で挨拶された。朝子は胸がどぎまぎしてようやく、「いいえ、こちらこそお世話になってます」しどろもどろに挨拶を返した。

帰り道、お静は、

「あの聡さんは、とっても成績がいいんですって。それはそれは女将さんの自慢のお子さんなのよ。慶応大学に行ってるんだけど、学校内でも、何でも十本の指に入るくらいの成績なんですって。将来は、学校の先生になりたいそうだけど、この戦争いつまで続くか分からないし、困った世の中だって、女将さんもこぼしてたわ。男のお子さんばかりだからねぇ……」

「聡さんは、見るからに賢そうな顔してたものね。庭でキャッチボールしてた男の子は、弟さんだったのね」

「そうあの子、弟の勝ちゃん。中に女の子がいたんだそうだけど、小さい時に亡くなったんですって……」

「勝ちゃんは、小学三年生くらいかなぁ」

「確か今年、四年生になった筈よ。亡くなった女の子、今生きていたら、朝子ちゃんと同じくらいかも知れないのよ」

「お静さん、詳しいのね」

「だって、朝子ちゃんも知っている通り、私、藤崎の家に来てから、もう十六年になるのよ。朝子ちゃんの生まれる前から、ここにいるんだもの。月に少なくとも一回は、あの高瀬に行っているから、時々女将さんの暇な日に、長話してしまうのよフフフフフフ」

それを楽しみにしているかのように笑う。


それから、一週間ばかり過ぎた日、朝子は朝のラッシュの電車の中にいた。次の神田で下車するので、あまり中に入りたくないのに、人込みに押されて困っていると、耳元で、「朝子さん」と声がした。驚いて声のするほうを見ると、それは『高瀬』の聡だった。

「あら、聡さん、お早ようございます。聡さんもこの電車利用するんですか?」

「あぁ、そうですよ」

「どこまで、乗って行かれるんですか?」

「学校が三田ですから、田町までです」

朝子はもう降りなければならない。折角、聡さんと、思いがけないところでお逢いできたのに、もっと向こうまで一緒に乗って行きたい気持ちを、

「じゃ、行ってらっしゃい」

「や、失敬」

束の間の会話も引き裂かれ、学校の教室に入った朝子は、今までに経験したことのない、ほのぼのとして高揚した気分で、戦時中であることなどは心にあらず、クラスメイトの鎌田幹子の来るのを待っていた。

自分の顔がいつもと違い、ゆるみっ放しになっているのを、どうしようもない。

「朝子、今朝はどうしたの？」

「えっ、あぁ幹子お早よう、あのね、あのね逢っちゃったのよ。今朝電車の中で……慶応ボーイと、一駅だけだったんだけど、ほんのちょっとの間だけど残念だわー。もっともっと話したかったのに……」

「それで、朝子はボーッとしてたのね。朝からいいことあってぇ……今日まともに勉強できるか知らねぇーみんなぁー」

「そうよ、そうよみんな、今日一日朝子に注目してようね。朝からいいことあったんだってぇ」

「あら、そんなに注目されてたら、私、恥ずかしいじゃないのぉー、止めて……ね」

「この間、話してた慶応ボーイと逢ったんですってよー」

「そんなにみんなに、広げないでよー」

クラス全員が、わいわい賑やかな雰囲気になり、しばらく振りにはしゃいだ気分に包まれていた。

「ねぇねぇー、そんなにすてきな慶応ボーイなの？　今度、私にも紹介して……でも私なんか駄目ね。足の不自由な女なんて……」

そこまで言って幹子は、寂しい顔をして、俯いてしまった。

「あら幹子ー、そんなこと言わないで、幹子の足はそんなに目立たないし、もし、手術できたら元通り治るかもしれないんだもの、悲観しないで幹子……」

「親が金持ちだったら、とうの昔、手術していたんだけどねぇ、自分の不注意で階段から転げ落ちて、骨折してしまったんだから、親を恨んでも仕方ないし、私、学校卒業したら、ばりばり働いて、お金貯めて自分で手術して、治すんだ」

「偉いのね、幹子は」

一人のクラスメイトが、

「頑張れ幹子。その時は、私たちもいくらかでもカンパするわよー。ねぇ皆ー」

「そうよ」

「そうよ頑張ってぇー」

辺りのクラスメイトも、皆、声を出して幹子を励ましていた。

「有りがとう、皆、有りがとう」

いつの間にか、二人の周りはクラスメイトに囲まれ、慶応ボーイの話はどこかに消えてしまい、始業のベルが鳴るとそれぞれの席に着いた。

午後の授業の時間中に空襲警報が鳴り響いた。防空頭巾を被ると、朝子は幹子の手を引いて、校庭の防空壕に、皆と一緒に入った。長い長い時間が過ぎた。皆は声もなく、暗い防空壕の中で固唾をのんでいる。どのくらい時間が経っただろう。

ようやく解除になって教室に戻ると、遥か向こうの空が赤々と燃えている。それを見て教室内は騒然となり、教師は、「今日の授業は、これまでにしますから、皆さん、気をつけてお帰りなさい」

「先生、あの燃えている辺《あた》りは、どの辺《へん》でしょう?」

「はっきりしませんが、情報によると、何でも浅草方面ということしか分かりません」

「えっ！　浅草……」

朝子ははじかれたように、鞄に教科書をしまい込んだ。教室内はごった返しになっており、皆は先を争って帰りを急いでいた。

〈伯父・伯母は、そしてお静さんは、大丈夫だろうか？……最も恐れていた『浅草』という言葉を聞いてしまった。あの家は？……高瀬の家の皆さんも大丈夫だろうか？〉

早く帰って、この目で確かめないうちは安心できない。心はあせっても、神田駅は人々でごった返しており、いつになったら電車に乗れるのか分からない程の人だかり。時間が経つ程に益々、混雑がひどくなるばかり。気は焦るが傍にいる幹子と一緒に帰ることにした。

「朝子、私のために、わざと遅くなってくれたんでしょう。ごめんなさい。私なんかほっといていいのにぃ。それよりも私なんかよりも、伯父さん伯母さんの処に、早く行ってやりなさいよ」

「幹子、お友だちでしょう。さあ、行きましょう」

手を差し伸べると、

「有りがとう、朝子」

駅の階段まで降りると、丁度校長先生の帰るのと出会った。

「校長先生、お気をつけて、さようなら」

「あら、あなた方、まだいたんですか、あなた方も気をつけてお帰りなさいね」

「はい……」

「はい、さようなら」

「あぁ、朝一さん、伯父さまによろしくね。お変わりありませんか？」

「はい、元気でおりますけど、今日の空襲が気になります」

「あっ、そうですよね、では急いでお帰り」

幹子と二人は、ようやく電車に乗ることができたが、電車の中はすし詰め状態の混雑だった。車窓からは、爆撃された煙がまだ消えず、もうもうとして見えた。広範囲に二カ所から火の手が上がっていた。

幹子と途中で別れて、浅草橋駅まで来ると焦げた臭いが鼻を突く。市電は走っていなかったので、市電通りを駆けて行った。伯母の家も近所の家も大丈夫と分かっても、駆けていた。

伯母の家の目の前、市電道の反対側の、遥か向こうのほうが焼けて、まだ煙が上がっていた。今朝、学校に行く時に見た光景とは違ってしまい、戦争が一段と深刻になってきているのを実感せざるを得なかった。

伯母の無事な姿を見て、

「伯母さん、怖かったでしょう？　怪我はないですか？」

「あぁ大丈夫だよ。それより朝子、こんなに混雑している時に、よくこんなに早く帰って来られたねぇ」

「うん先生が、空襲が解除になるとすぐ、帰るようにって……それに浅草方面だからって教えてくれたんです。伯母さんの家でなくって良かったぁー」

「これからも、時々こんな日があるだろうよ。今日の風向きが、こっちから向こうに吹いてたから助かったけど、伯父さんなんか、この年して屋根まで上がって、屋根に水かけしようとしてたのよぉ」

「そうだったんですか、伯父さん怖くなかったですか？　高い屋根に登ってぇ」

「そりゃぁ怖いさぁ、足は震えてガクガクしてたよ。でも今日はこの家も無事だったからハハハハハ……笑っておられるけどなぁ」

「朝子も、いつも防空頭巾を放さないようにしてよ。それに朝子、東京嫌になったのと、違うかい？　田舎に帰りたいんじゃぁないのかい？」

傍で伯父もお静もニコニコして、伯母との会話を聞いていた。

「伯母さん、そんなことないですよ。東京って面白いし、友だちもたくさんできたし、今のところ、田舎に戻りたい考えはないです」

「そうかい、戦争がこれ以上ひどくならなければいいけどね……お昼食べたのかい？」

「はい、食べてきました」

〈この分では『高瀬』の家も大丈夫だろうけど、聡さん無事に戻っているかしら〉

二階に上がるに従って焼けた臭いが強くなっている。窓を開け爆撃を受けた方角を見ると、まだ広範囲に煙が上がっており、鎮火していない様子が窺える。

女学校三、四年生の生徒は、春から軍需工場に、挺身隊として働きに駆り出されていた。朝子たちも、三年生になったら出なければならず、その覚悟はできていた。

それ以来、何回となく空襲にも遭ったが、幸い伯母の家も学校も無事にここまで来た。が、食料は益々、日ごとに悪化し、街々の治安も悪くなり、食料品の盗難が頻発するようになり、他県の農家まで食料を求めに、大きなリュックサックを担いで、買い出しに行く家庭の主婦たちが、目立つようになり、衣類も総て配給では足りず、つぎはぎの衣類でも着ているだけましといった具合に緊迫していた。

朝子たちが二年生になると事態は急変し、男性は国民服に兵隊のように足にゲートルを巻き、鉄兜を携え、女性は着物を改造して上着とモンペ姿に強制され、朝子たちも制服のスカートから、ズボンやモンペに変わった。

学生は、学校に行く道を変え、軍需工場に飛行機の部品作りに変わり、日本全国民の生活が変わってしまった。

この学校に入学してから、作法の時間にお茶の稽古は二回ほど、生け花の稽古も二回だけ、裁縫の時間には、学校で着る運動着を一枚ミシンを使っただけ。浴衣も一枚手縫いしただけに終わってしまった。

それ以降、布も花も手に入れること自体、困難になってしまい、ノートも筆記用具のエンピツさえも、入手困難になってしまった。

朝子は、この食料不足の時代にも拘わらず、東京に来てから、身長が少し伸びて一六八センチになっており、学校の行事の折りには校旗持ちに当てられた。別に朝子はクラブ活動で、鼓笛隊を希望していたわけではなかったが、学校のほうから依頼されて大太鼓持ちにされ、否応なしに鼓笛隊に指名された感じになってしまった。

鼓笛隊のクラブ活動の一貫として、一・二年生全員で、校庭だけならまだしも、学校の周りを一同で回る、月に一度の行事には、〈鼓笛隊に入っていたわけでもないのに、どうして私が大太鼓なの？ 靴も満足に履いてない生徒は、街頭にまで出て可哀相じゃないの。夏の暑い日など、足の裏が焼けそうになっているのに……〉少々反発したかった。

朝子は、クラブ活動では、テニスか卓球を希望していたが、それもいっこうに活動するチャンスがなかった。だが、鼓笛隊の大太鼓持ちにされるとは、思ってもみなかったことだったので、これればかりは嫌でならなかった。

「朝子、太鼓嫌なんでしょう?」

幹子が傍から、心配して言ってくれるが、

「この前も先生に言ったんだけど、適当な人がいないからって、もう少し続けてほしいって前田先生が言うのよ」

「強引に止めたら、また何を言われるか分からないしね。それにどんな罰がくるか……罰ねぇ、この学校に罰則ってあったっけぇ」

「知らない。分からないけど仕方ないわ。毎日でもないし、その時だけ我慢すればいいんだから……幹子、有りがとう」

「朝子は辛抱強いんだから。そこが朝子のいいところなんだけどねぇー」

そう言って、朝子の顔を下から覗くようにして見ていた。

「私って、どうしてこんなに身長が伸びたのかなぁー。幹子くらいだったら、太鼓持ちに目を付けられなかったんだと思うんだけど……ねぇ、そうよね幹子？」

「そうかも知れないけど、でもいいわよ朝子はー身長があるから、学校からも頼りにされてるってことでしょう、羨ましいわよ」

「家では亡くなったおじいちゃんから、身長が高かったのよ。だから私の母も身長があるし、兄弟も全部身長があるの、家系なのね」

「あっらぁー、いいじゃないのぉー」

「男の人は身長高くってもいいけど、女だから、目立って困るのよ」

「そういう問題もあるのかぁ、身長の低い人からみたら、贅沢な悩みだと思うわよ」

「これでも悩み多い女なのよぉウフフフフ」

「えっ何の悩み？　身長以外の悩みなの？」

「身長以外には、何も無いわよフフフフフ」

「あっそうかなぁ？　そうかなぁー朝子……」

「えっ何も無いわよ、それ以外は……幹子は何を想像しているの？」

「うぅん何も別にハハハハハハ」

幹子から手伝ってもらって、鼓笛隊の道具の片付けが済んで、しばらく振りに幹子と、校庭のコンクリート階段に腰をおろして、ゆっくり話ができて楽しい一時《ひととき》だった。

朝子が東京に来てからの二年間は、世の中の変化はあったが、伯母の家で生活をしている上においては、大きな問題もなく過ぎた。

女学校三年生になるとすぐ、朝子たちも軍需工場に、挺身隊として動員されることに、校長先生から話があった。

朝子はその日学校から戻ると、伯父にその旨を伝えた。伯父は、

「朝子は、学校で勉強するために、ここに来たのに、いくら動員といっても、働くことに抵抗はないのかい？」

「それは、少し抵抗はありますが、校長先生からも『お国のためだからって……それにもう上級生たちも、前から行っていることだからって……』。戦争だし、少しでも私で役に立つんだったら、働くことなんかさっぱり苦になりませんし……」

「そうかい……なぁばぁさんや……こういうことは、仕方がないというべきことなのかなぁー」

「朝子一人ばかりが動員されるのではないし、東京の学校全体の生徒が、行っていることだから、本当に仕方ないことなんでしょうねぇ。それでも朝子は、田舎に帰りたいって思わないのかい？」

「はい、今のところは帰りたいとは思ってないです。東京ばかりでなく、全国的に動員されているようですから」

「そうかい、東京ばかりでないのかい。そうしたら田舎に帰っても、動員されるってことになるのかい？」

「そうなるのかもしれません。それに学校に籍をおいておけば、戦争が終わったら、また学校に戻れると、先生も言ってますから」

「そうだよなぁ、朝子も決心しているようだから、朝子に任せたほうがいいようだなぁ、ばぁさん？」

「そうですよね。そう決まったことなんだからねぇ」


飛行機の部品作りの軍需工場では油にまみれ、満足に石けんも無いので、手のシワに入った油がいつまでも臭っている。服についた油も完全には落とし切れず、シミになっていた。

将校が時々、目を光らせて巡視に来る。巡視とは聞こえがいいが、監視なのである。

それでも誰一人として不平・不満を言う人もなく、お国のためと、黙々と与えられた仕事をこなしていた。

空襲になると、地下室や防空壕に入った時だけが、一休みできる時間だった。空腹だが皆同じ思いなので、口に出して言う人もなく、お互い顔と顔、目と目で、それとなく通じるものがあって、小声で、

「今日帰りに、オジヤ食べに行かない？」

「えっ、そんな物、どこで売っているの？」

「内緒の秘密よ。将校が見回って来ているから、後でね」

などと声を潜めての会話である。

空襲が解除になって、外に出ると陽の光がまぶしかった。思いっきり背伸びをしたいが、将校の監視下ではそれもできない。みんな痩せて目だけがギョロギョロしていた。

その夕方、久し振りにクラスメイト三人で、そのオジヤを食べさせてくれるという店の前まで来ると、店の前には長い行列ができていた。

「これじゃぁ、食べられるかどうか、分かんないじゃないの？」

「でもきっと大丈夫よ。もう少し我慢して待っていようよ」

「今日も疲れたねぇー」

と友恵がしゃがみ込むと、年代も朝子も続いてしゃがみ込んでしまった。皆疲れてへとへとになっていたのだ。

「あの工場の将校って、怖いのよねぇ。仕事中にお喋りでもしようものなら、すぐ飛んで来て『おいこらぁー、仕事中に何を喋ってるんだー、喋る暇があったら手を動かせ』だってぇ。私たちだってお喋りくらいしたいわよねぇー」

「軍人さん方は、食物だっていいのよねぇーきっと。私たちみたいに配給だけで生活しているのと違うって、聞いたことあるもの」

「軍隊って、そうなんだぁ。でも考えてみると、戦争に行っている兵隊さんは、食べないでは戦争できないいから、これも仕方のないことなのかねぇー」

そんな話をしているうちに順番が来て、朝子たちもオジヤにありつくことができた。いくらかでも腹の足しになると、

「食物が食べられるって幸せなんだねぇ。食べ物が無くなった世の中だから、万引きや泥棒が流行《はや》ってるんだよね。人間の基本は、食べることにあるんだよねぇー」

「そうだわよ。食べ物が充分にあったら、このようにしてオジヤの店に並んでまで、苦労はしないわよねぇ、皆そうだわよ。世の中の人たち見て見てぇ、太っている人など、一人もいなくなってしまったじゃないの」

「そうなのよねぇー。太っている人、誰もいないわー」

お腹が少しでも満たされて、解放感を得ると自然と仕事の話になり、世間の人にも目が向けられた話となる。

しばし満足まではいかないまでも、クラスメイトとお喋りをし、空襲にも遭わずに「また明日ね。有りがとう」と別れた。

伯母の家の二階で、一人布団に入ったが、〈このまま勉強も出来ずに、将来どうなるんだろう。小学生の時は学校での勉強などは、好きでもなかったのに……今は国のために役に立てるものって、何があるのかなぁ……そうだぁ日本赤十字社の看護婦がある。日赤なら、戦争にも女でも参加できるわ。そうだ看護婦がある〉と思いついた。

室内の電灯には、灯りが外に漏れないように、黒い布で覆いを被せ、電灯の真下だけしか明か

りが届かないので、勉強も思うようにできない。いつ空襲があるかも分からない。〈挺身隊の動員で働くのも、看護婦として戦地に行くのも同じ国のための奉公になるのではないのかなぁ……同じではないかなぁ？　でも両親は賛成してくれるかなぁ。どう言うかなぁー？……そしてここの伯父・伯母はどうだろう。でもまだ決めたことではないし、看護婦になるにしても、何年間か勉強もしなければならないだろうし……〉

いろんなことを考えて、少々興奮気味になって寝付かれなかったが、翌朝、お静から起こされて、目が覚めた。

軍需工場に行く道々でも、昨日の看護婦への思いが、頭から離れなかった。

〈看護婦になったら、学校は中途半端になってしまう。どうしたらいいかなぁー……。東京に来る時、両親から、『途中で投げ出すような真似だけはするなよ。覚悟はあるのか』と言われていただけに、もう少し考えてから、両親にも相談してからにしよう〉

鎌田幹子は、フィルム会社の軍需工場に、挺身隊として行っていた。足が不自由なので、腰掛けてできる仕事を選んでいた。朝子たちは一日中立ちっ放しの上、力も必要な仕事なので、幹子には無理であった。

そんな幹子が、浅草の朝子を尋ねて来てくれた。

「あらぁー幹子、よく来てくれたわねぇー。元気だったぁー？」

「えぇ、私は相変わらずなんだけど……」

泣き顔になっている。驚いた朝子は、自分の部屋に通すと、

「幹子どうしたの?……仕事が辛いの? 無理なの?」

幹子は声をあげて泣きじゃくりはじめた。

「お母さんが、お母さんが……」

「お母さんがどうかしたの? ねぇ幹子、泣いてばかりでは分からないわよ」

「そうよね、ごめんなさい朝子。朝子にこんなことを言うまいと思っていたんだけど、自然と足がこっちに向いてしまって、朝子んとこに来てしまった。仕事は何とかやってるわ。少しは辛いところもあるけど、朝子たちから比べたら、贅沢は言えないことよね……」

「そう、それでお母さんどうかしたの?」

再び母親のことの話になると、幹子の目に涙が溢れ、

「お母さん帰って来ないのよ。淀橋の叔母さんとこに行ったっきり、叔母さんは、三日前にあなたのお母さんは来たけど、一時間ほどで帰ったと言うんです。それっきり家にも戻って来ないの。どうしたらいいと思う?」

「幹子のお母さんは、その叔母さんの家から、またどこかへ寄ったということは?」

「さぁ、あの時、淀橋の叔母さんとこ、と言ってはいたけど、その他に寄るということは、聞いてなかったのよ」

「そう、淀橋の叔母さんとこから、どの電車を利用して帰って来るの?」

「あっ、そうかぁー……」

幹子は急に何かを思い出したように、跳び上がるように体を浮かすと、

「……あの日、あの電車の区間が空襲を受けていたんだわー。そうだわ、何でもっと早くそれに気が付かなかったんだろう」

「電車も爆撃で、被害に遭ったということを聞いてたわー、もしかして……」

「私行ってみる。もう三日も前だから遅いかもしれないけど、焼けた電車の中を見てくるわ。そこにもいなかったら、近くの救護所の処にも行って聞いてみるわ。朝子、どうも有りがとう。やっぱり来て良かったわ」

涙を拭いて幹子は礼を言うと、朝子が、

「私も行ってみる。幹子一人では心細いでしょうから……」

「朝子、いつも私の力になってくれて有りがとう。でも工場のほうは……こんなに朝早く来てしまって、遅れて行ったら叱られるんでしょう?」

「いいの、こんな時くらい休んだって、叱られるの慣れているから平気よ。伯父さん伯母さん、お静さん行ってきます」

幹子は傍で、「お邪魔しました」と礼を言い、二人連れだって、浅草橋駅から省線電車に乗った。電車に乗ってからも、話が続いた。

「混乱している時って、悪いほうにばかり考えてしまって、いい考えなんてなかなか浮かんでこないものよ。三人寄れば……何とかっていう言葉があるじゃないの」

「そうね。やっぱり朝子んとこに来て良かったわ」

「お父さんは、どうしてるの？」

「父もあっちこっち捜しているんだけど、今日もどこか、別の方面に行っている筈よ」

間もなく、淀橋と幹子の家との中間地点まで来ると、二人は互いに顔を見合わせてしまった。辺りの民家は焼け落ちて瓦礫と化し、電車も黒焦げになって窓枠もへし曲がり、車内はすっかり燃えて空洞になったまま線路に立っていた。それが二台も三台も……。電車の黒焦げなど初めて目の当たりにして〈何ということだろう。ここは電車の墓場みたいになってしまって、乗客たちは無事に逃げられたのだろうか？　幹子の母親は、この電車の一つに乗っていたのだろうか。戦争って何と酷いことをするんだろう。人間が人間を殺し合って物を破壊し、罪もない人々を苦しめ悲しませている。どうしてなの？……〉

朝子はむなしさが込み上げていた。幹子も言葉もなく、消沈した表情で立ち尽くしていた。

〈この戦争が続く限り、まだまだ犠牲者が増えることだろう。明日は我が身なのかもしれない……〉

「ねぇ幹子、救護所のある処まで、行ってみましょう」

幹子は我に返ったように、

「そうしてみるわ。やっぱり三日も経っているんだもの、無理なのかしらねぇ」

「希望を持って行きましょうよ。ね、幹子」

力なくうなだれる幹子を励まして、救護所に行ってみると、やはり肉親を捜している人たちなのだろうか、五、六人が相談を受けていた。救護所の人の話では、「遺体は、性別も分からないほどになっているのが大半で、軍のトラックで運んで行ってしまうんですよ……」と言う。

また、「遺体がまだ保管されているうちは、確認できた人は家族に引き渡されるが、とにかく、髪の毛から衣類まで、すっかり焼けて黒焦げ状態なのが殆どですからねぇ。確認できた人など、ごく少ないですよ。日が経つと火葬にされてしまいますからね」と言う。

〈火葬にされてしまったら、益々捜しようがなくなってしまうではないの。胸にわずかな布で、住所・氏名を書いたものを縫いつけていても、何の役にもたってないじゃないの〉

朝子は一人、戦争に対して憤慨していた。どこにもやり場のない憤りを抑えていた。

「朝子ごめんね。ここまで付き合ってもらったけど、これから私一人で何とか捜すから、ね、どうも有りがとう」

「そうぉ、じゃぁ気を付けてね。また、困ったことがあったら、いつでも相談に来てね。それから、お母さんが見つかったら報せてね」

「うん、そうするね」

幹子と別れて電車に乗り、軍需工場へと急いだ。もうとっくに出席もとられており、朝子はそーっと、いつもの自分の持ち場へ潜り込み、朝から仕事をしていたかのように、仕事に取りかかった。傍のクラスメイトたちは、それを見て、誰も知らん振りをしており、顔が合うとクスクスと肩で含み笑いをしていた。昼食の時間になると、早速クラスメイトたちが集まって来て、「朝子、今朝はどうしたの？」

幹子の母親の消息が途絶えてしまったこと、それから二人で捜しに淀橋近辺まで行って来たこ

とを説明すると、クラスメイトたちは、クスクス笑って、

「あらそうだったのぉ？……大変だったのね。私たち、また例の慶応ボーイと駈け落ちしたんではないかって、噂してたのよ」

「えっ、そんなぁー」

「ハッハハハハ」

「ハハハハハハハ……」

そっちこっちから笑い声が出て、

「私それどころじゃぁなかったのにぃ……皆の意地悪ぅ……フフフフフ」

再びどっと笑い声に包まれていた。

それ以来、幹子の母親の消息は、分からずじまいのままになっている。


学校での授業も出来ないまま、軍需工場への挺身隊は続いていた。

戦局はひどくなるばかり、朝子たちはたまの休みになると、誰からともなく学校に集まるようになっていた。

埃だらけの机や椅子を拭き、一時の苦しさをまぎらすように、お喋りに花を咲かせ、近況報告をし合うようになっていた。

朝子が挺身隊に行っている間、伯母とお静は、時々リュックサックを担いで、埼玉県や栃木県

などまで出掛けて、食料の調達（ヤミ米やさつま芋、ジャガ芋、南瓜等）に行っていた。

東京ばかりでなく、他県の各家庭でもそれが当たり前のことになっていた。配給米だけでは、小さな子供がいる家庭ではまるっきり足りずに、そうせざるを得ない状態に追い詰められていたのだった。

そのヤミ米や食料を、無事に家まで持ち帰られたらいいほうで、途中検問に遇って、せっかく難儀して金を払って買って来た物を没収されるという、泣くに泣けない悲劇に出会うこともあるということを聞いたこともあった。その没収されたヤミ米などは、どこに持って行かれたのだろうか？

空襲は、日が経つに従って増し、昼となく夜となく頻繁に襲ってくるようになった。学校に通っていた時とは違い、自分の家の近辺が空襲に遇っても、軍需工場では家に帰してくれることはなく、二言目には将校から、「戦争をしているんだぞぉー。何だと思っているんだー。気を引き締めて仕事に取りかかれー」と怒鳴られるばかり。防空壕の中で涙を堪えて、〈伯父さん伯母さんお静さん、大丈夫かしら……『高瀬』の皆も無事だろうか……〉

仕事が済むと、一目散に浅草に戻る。

浅草橋駅に着いて驚いてしまった。

観音さまからの広い市電の道路を隔てて、左側の家々がすっかり焼けて無くなっていた。今朝の様子とすっかり変わってしまっている。市電も空襲の間は停止していたという。焼け焦げた臭いが強烈に鼻を突いた。刺激臭で目が開けられず、涙腺からひとりでに涙が溢れ出る。

右側の伯母宅が無事だったことが、何よりだったが、焼け跡からまだチョロチョロと火が燃えている箇所もあり、水道管もへし曲がって、水だけがもったいないくらいに流れ出ていた。

見る限りでは、市電のレールだけは破損せずに残ってあった。駅に伯母が迎えに来てくれていた。

「あら伯母さん、無事だったんですね。伯父さんもお静さんも無事ですか？」

「あぁ朝子も、よく無事で戻って来てくれたね。良かった良かった……今日の空襲で、向かい側があんなに焼けてしまって、朝子がどんなに私たちを心配しているかと思って、様子を見に来てしまったんだよ」

家まで伯母と二人で歩いて戻り、朝子は駆けるようにして、裏戸口までの六段のコンクリート階段を登り、裏戸を開けると、お静が出掛けようとしていた。

「ただ今、お静さんこれからお出掛け？」

「奥さんがいつの間にか、どっかに出掛けたっきり戻って来ないんで、捜しに行こうかと思って……」

と言っているところに、朝子の後から伯母が顔を出したので、お静も安心して、

「今、捜しに行く処だったんですよ」

「それはそれはどうも、無事に戻ってきましたよ。黙って行って悪かったけど、そんなに大げさにしなくくったってぇ……」

「でも旦那さまが、心配して捜してくるよう、おっしゃるもんですから」

女三人揃って二階の座敷に入ると、伯父は「こら、ばぁさん、朝子が心配になって、迎えに行ったんだろう？」

「はいはい、それに間違いありません。お騒がせしてどうも済みませんでした」

おどけたような口調で言うので、みんな一斉に吹き出してしまった。

「仕様のないばぁさんだ。そのようなことは、お静に任せればいいじゃないか」

「本当に済みませんでした。朝子に万一のことがあったらって考えたら、もう足が外に行ってたんですよ」

〈伯父も伯母も、私をこんなにも思ってくれている。伯母さん有りがとうございます。私もこの一家の人々が大好きなので、大切に思っています〉

「伯母さん、私大丈夫だから、小さな子供ではないですから、伯母さんったらぁ」

「でも、もしもということだってあるだろう。そのもしものことがあったら、お前の母さんに顔向けできなくなるからねぇ」

「はい分かりました。私、充分気を付けますから、大丈夫ですから有りがとうございました」

自分の部屋に入ると、先日の空襲の時よりも、部屋中ものすごく煙が充満しており、窓を開けると焦げ臭《くさ》い臭《にお》いが一段と強烈に入ってくる。今朝まで在った家々が、一瞬のうちにすっかり焼けて無くなっている光景を眼下に、市電通りの向こうの、いつも女三人で行っていた銭湯の煙突だけが一本取り残されたように立っていた。

夕食時になって茶の間に行くと、弁当箱が四つ届けられてあった。伯父は、「これから毎日このような日が来るかも知れない。朝子、父さん母さんの処に、帰りたくなったんではないか？……」

「ううん、別にそんなこと、考えてないですけど」

「今日の空襲で、この家も駄目かと一時は思ったが、幸い向こう側だけで済んだ。が、いつ何時《なんどき》こっちもやられるか分からない。それで、ばぁさんも朝子も、それからお静もそうだが、万一の場合はいつも訓練している通りにして、ばらばらになった場合、滝野川の弟の家に集合するように。朝子もそうだが、お静も仕事に行っている間に、もしもこの家が焼けた場合でも、真っ直ぐ滝野川に行くようにしよう。このように約束しておけば、ばぁさんも今日のように、あたふたしないで済むだろうから」

「はい、そうします」

〈私の身の回りに、こんなにも心配してくれる人がいる。やっぱり私も田舎に戻らずに、年老いた伯父・伯母を守らなければ……。田舎の両親・祖母の処には、兄姉も弟もいるんだから、安心だもの〉

息苦しいまでの臭いに、なかなか寝つかれなかった。翌朝、窓を開けて驚いてしまった。昨晩はうす暗かったので遠くまでは見えなかったが、夜が明けて今朝見ている光景は、遥か向こうの地平線まですっかり見渡せるようになっている。昨日まで生活していた家々が、広範囲に焼けて街が変化していた。

戦争の恐ろしさ、残酷さを目の前に見せつけられた。

あまりの悲惨さに、言葉もなかった。

〈こんな哀れな街が東京なの？〉

日ごとに焼け野原が増えていく。そのような中を今朝も木箱の弁当を持って、電車に乗って軍需工場へと向かう。

〈昨夜も弁当箱が届いてあった。そして今朝もこうして弁当箱が、届けられてあった。『高瀬』の家も無事だという、連絡みたいになってしまった、この弁当箱……〉

工場での仕事中も、クラスメイトたちとの会話も、自然と空襲の話が多くなって、世の中全体が暗い感じになってしまった。

仕事を終えて浅草の家に戻り、夕食後、朝子は暗い電灯の下で母に手紙を書いた。

戦時中の笑えない本当の話

どこの家庭でも、警察の検問の目を潜って食料の買い出しに、大きなリュックサックを担いで、小さな子供の手を引いて、電車や乗り合いバスを使って行く。

国では『産めよ殖やせよ』と、子供を産むことを奨励しているが、子供を今産んだからといって、兵隊になるまではまだまだ年数が掛かるのに、これからもまだ何年間、戦争を続けるつもりなのだろうか？

食料も満足に無いのに、子供を産んでも満足に育てられないだろうに……。

浅草の家の前が空襲に遇ってから、何日か経って、朝子は挺身隊の仕事を終えて、夕食も済ませて、暗い電灯の下で本を読んでいた。十時ころだろうか、空襲警報のサイレンがけたたましく鳴り渡ると、すぐ外が騒がしくなり、伯父や伯母、お静も慣れた手つきで、布団や米・貴重品を階段下に備えてあるリヤカーに移している。

裏道に出るには六段の外階段があるため、リヤカーは店の中を通って、電車道に出なければならない。伯父とお静がリヤカーを引いて電車通りに、伯母と朝子は裏口から、最小限の衣類や必

需品を抱えて、いつもの訓練通りに出ようとした時、伯父が引き返してきて、

「今夜は、敵さんもこっちには来ないようだから、防空壕にしよう。いつでも持ち出せるように、リヤカーの荷物は解除されるまで、このままにしておこう」

と話していた時に、町内の自警団の人がメガホンで、

「藤崎さんの二階から、灯りが漏れてますよー……消して下さーい」

と、怒鳴るような大声で叫ばれ、朝子は電気スタンドをそのままにして来たことを思い出し、

「あっ、いけない、私だぁー……」

急いで家の中に入り階段を駆け昇ると、暗がりの足元で二匹の猫が「ミャー」と寂しそうな声で鳴いていた。朝子は思わず腕に二匹の猫を抱きかかえると、部屋のスタンドを消した。

今夜の空襲はさほどひどくなく終わったが、夜中にいつ空襲になっても慌てないように、着のみ着のまま寝て、頭巾と持ち出す物を枕元に置いて準備して寝るようにした。

日華事変に応召されて、中国や満州で戦っていた軍人も、どんどん南方に派遣されて移動し、戦争の拡大されているのが噂になって広がっていた。


そんなある日の新聞に、『気まじめ警察官の家庭の悲劇』という見出しで、警察官は、庶民の買い出し米や、食料品を取り締まらなければならない職務上、その警察官一家は、ヤミ米や食料の買い出しなど一切行なっておらず、わずかばかりの配給の米や醤油・味噌などで暮らしていて、子供まで一家全員、餓死状態で亡くなったという。律儀な警察官一家だったのだろうか、あまり

にも気の毒なことであった。

また、それより少し経ったころに、笑いたくなるような話だが、戦時中のこととて、笑うにしてはあまりにも悲しい話が載っていた。

それは、ある家庭でその家の長男のYシャツを洗濯しようと、母親がタライに浸けたところ、丁度来客があって、洗濯は後回しになってしまい、しばらく経ってから洗おうとして、なけなしの固形石けんをつけて洗ったら、Yシャツがバラバラになってしまったという。その当時、縫い糸も配給で、手に入らなかったので、『糸いらず』という生地を接着剤でくっつけて、造ってあった。

そのようなYシャツを何回か洗い、そしてその日、長時間水に浸けっ放しになったので、接着剤がすっかり水に溶けてしまい、バラバラになってしまったということだった。

この当時は、着替えなどは、殊にYシャツなどは、一人で何枚も持ってなかった時代。明日会社に着ていく替わりのYシャツがあったのだろうか。何とも言い表わすことのできない、哀れな世相であった。

翌日が日曜日という日に、しばらく振りの休日を迎えようとしていた夕食時、伯母が、「朝子、明日は休みかい？」と聞いてきた。

「はい、休みです」

伯母は待っていたという感じで、

「それなら、大森の俊江おばの処に行ってみよう」

「俊江おばさんって、どこの人ですか？」

「おや、俊江を知らなかったかなぁ。母さんから聴いてなかったかい？」

「いいえ、聴いてなかったです」

「そうかい。それなら丁度いいから、明日その大森の俊江おばの処に行ってみよう。俊江はね、私の妹の酒田に住んでいる、まず伯母の長女で、朝子の母さんのすぐ上の姉の長女なんだよ。頼まれた物を届けに行くから、一緒に行ってみよう」

「はい行きます」

翌朝、しばらく振りにゆっくり眠って、十時過ぎに、伯母と朝子は大森の俊江おばの処に出掛けた。

省線電車に乗って大森まで、そこで下車して、街を走っている乗り合いバスに乗った。一番後ろの席が空いていたので、伯母と並んで座ると、女の車掌さんが途中停車の時に、バスから降りて、バスの後部に回って行く。

〈何をしに降りて行くんだろう？〉

車掌さんを目で追ってバスの後部を見ると、何とボンネットバスが背中に釜を背負っていた。そして車掌さんが降りては、燃料を補給していたのだった。ガソリンは戦場で使うので、国内のバスなどは薪を燃料にしなければならなかったのだった。

〈バスが可哀相に、カチカチ山の狸のように、背中から燃料を燃やされて煙を上げて、走っている。これも皆、戦争だからなのね〉

車中、伯母ともこの話で、俊江おばの家の近くまで着いた。

初めて見る俊江おばは、しま伯母や朝子の母親同様に、皆美人でよく似ていた。

〈どうして私だけが違って、不細工でブスなんだろう。どうして母さんに似た美人に産んでくれなかったんだろう〉

俊江おばは、「朝子ちゃん、こんなに大きくなっていたのぉー。よく来てくれたわねぇ。どう？　東京に慣れた？」

「はい、何とか慣れて、近くでしたら一人で歩けるようになりました」

「そう、若いから慣れることは早いのよね」

しま伯母と俊江おばは、頼まれた品物のことで話していた。そのうち、隣の部屋から赤ちゃんの泣き声が聞こえてきた。俊江おばは、「あらあら、起きたのね」と言いながら隣の部屋に行き、俊江おばによく似た可愛い女の赤ちゃんを抱いて戻ってきた。

「ほら、伯母ちゃんたちのお客さんですよ」

しま伯母は、「あら、大きくなって……もう何カ月になったんだっけぇ……」と赤ちゃんを抱き、「一年三カ月かぁ、赤ちゃんの成長って早いのね。私は産まず育てずだから、赤ちゃんの成長記録みたいのって分からないんで、こうして赤ちゃんを産んだ人を見ると、羨ましいのよ。もう歩くのかい？」

「ええ、よちよちですけど、歩くんですよ。あら、もう昼だから、何もたいしたことできないけど、お昼食べて行って」

俊江おばは、台所で小麦粉を溶いたものに、野菜を刻んで混ぜ、簡単な『お好み焼き』を作ってくれた。

「昨日小麦粉の配給があったので、しばらく振りに作ってみたの。この娘《こ》も大好きなんですよ」と娘の美江ちゃんに、食べさせていた。伯母と朝子もご馳走になり、「おばさん、美味しかったです」と礼を言うと、先程乗って来たボンネットバスの話になった。

「バスの後ろから煙を出して、女の車掌さん可哀相だよねぇあれじゃぁ。時々降りて薪をくべなければならないなんてぇ、ガソリンが使えないから仕方ないんだろうけどねぇ。バスも火種が切れたら、止まってしまうだろうからねぇ。何か笑ってはいけないんだろうけど、笑ってしまうよねぇ、ウッフフフフフフ」

火種が切れて、バスが動けなくなった様子を想像して、皆で笑ってしまった。

「ウッフフフフ……そうですよねぇ」

「オッホホホホホ……」

俊江おばと別れて、大森駅まで再び煙を吐いて走る木炭バスに乗った。大森への往復は、幸い空襲にも遭わずに戻って来られた。

このカチカチ山の狸のバスは、途中の停留所で降りる客がなく、乗る客が一人などの場合、停車せずに徐行して客を跳び乗せる。このような場合、年寄りの客だったら、停まってくれるのだろうか？　至る処すべてが倹約・節約していた時代だった。

　このころになると、Ｂ29が昼夜を問わず飛来して爆弾を落とし、学校でも家庭でも、防火訓練がますます盛んに行なわれた。『爆弾などは、百に一つくらいの命中率きりないから、恐れることはない』と教え込まれていたが、この焼け野原をどう説明するのだろう。行方不明になった人々をどう説明するのだろう。あくまで隠し通すのだろうか。あくまで軍の秘密となってしまうのだろうか？

　各家の白い壁も黒く塗られ、東京ではあまり見られないが、地方などにある立派なお蔵の白壁なども、強制的に黒く塗り潰された。暗い世の中が益々暗く無残な姿に変化してしまった。

　敵は銃を使って空から攻撃してくる。とてつもない大きな武器との戦いなのに、このような竹槍やなぎなたで、爆弾が防げるのか？　火ばたきやバケツの水だけで爆弾が防げるのか？　防げなかったから、このような焼け野原になってしまったのではないか。物資の豊富な大国を敵に回して、このように貧窮している日本が戦って本当に勝てるのか？『起て一億、火の玉だ』『最後の一兵まで戦う』のスローガンがむなしい抵抗に見える。

　ラジオでは軍艦マーチが流れ、ニュースは南方で敵艦○隻轟沈、○隻撃破、Ｂ29○機撃墜。我が方の損害微々にて○○島占領と、相次いで放送される戦勝を信じて疑わなかったが、その反面、南方○○島に於いて日本軍全員玉砕。○○島にて敵の一斉射撃、火炎放射機によって全員戦死、などに次第に変わって放送されるようになった。

街に立っている銅像やお寺の釣鐘なども、鉄砲や弾丸に変わり、家庭で持っている金・銀・銅製の貴金属品や、古釘さえも総て供出を余儀なくされるようになった。

伯母の家でも総て供出したが、戸の下に付いている戸車まで、徹底的に供出させられた。その戸車の代わりに、ガラスで出来ている戸車を購入して付け替えていた。


そんな中でのある日曜日、女三人は芝居を観に行くことになった。朝子は先の日劇の印象が忘れられず、今回は辞退しようとしたが、「こうも戦争が激しくなってくると、芝居だって、いつまでやってるか分からないから、今のうちに観に行くことだよ。無くなってから、観ておけば良かったなんて言ったって、遅いんだからね」

出掛ける支度をしながら言う伯母に、逆らうこともできない。

〈最近、休みの日になっても学校に行ってなかったが、皆は集まっているだろうかなぁ。幹子は、あれからどうしたかしら。友恵も年代も華子・町子・明子それから、千代・孝子も集まっているだろう。私も行きたかった〉

軍需工場も最近、月月火水木金金と、日曜日の休みも返上で、今日は久しぶりのお休みだった。相変わらず留守番役の伯父の、「気を付けて、楽しんでおいで」の声に送られて、芝居に出掛けた。

古川ロッパのおばぁさんが上演されて、ロッパがおばぁさん役に扮して、面白おかしく、やはり戦争を忘れさせてくれるものがあった。が、途中で現実に引き戻される空襲警報が鳴り渡り、観客はどよめきと同時に、阿鼻叫喚の場と化し、我先きに表に出ようと、ひしめき合っていた。伯母もお静も早く行こうと、人込みの中に入って行く。

予想通り電車の駅は、劇場から出た人たちでごった返していた。警報中も電車が走り続け、人をさばいてくれたので、朝子たちもあまり暗くならないうちに、電車に乗ることができた。電車内でお静が、「朝子ちゃん……」と耳元で声を顰めて呼ぶので、「なーに……どうしたの？」と朝子も声を顰めて聴き返すと、

「朝子ちゃんのそちら側にいる人、ロッパさんだよ」と言われて反対側を見た。先程おばぁさんの格好で芝居をしていた古川ロッパさんが、同じ電車の中で、吊り革に摑まっているのに驚いた。〈あの、おばぁさんの姿から、背広姿になって観客と一緒に家に戻られる早業は、芸人だからできる業なのだろうか……〉

ようやく浅草の家にたどり着いた伯母は、伯父に芝居のこと、空襲になったので、途中で戻って来たことなどを、話していた。

「この家のめぼしい財産を、朝子の田舎の家に疎開させよう。わしらも、本当なら田舎に引っ込んだほうがいいのかもしれないけど、もう少し頑張ってみよう。これ、ばぁさんや、ばぁさんは疎開するかい？　朝子の家でもばぁさんの実家でも……」

「あなた、何言ってるんですかぁ。私の母は、朝子の家に厄介になっているんですよ。実家も朝子の家も同じことですよ」

「あぁ、そうだったなぁーハッハハハハハ」

「私はここで頑張るから、あなたこそ好きな処に疎開したらどうですか？」

二人の押し問答に、皆クスクス笑っていた。

「よし、そうと決まったら、明日、朝子の家に連絡して、箪笥や着物、骨董品などを疎開させることにしよう。店の残りの商品は、この前、軍のほうに納めてしまったので、心配ないから、そうしよう」

翌日から、朝子の家から返事のないうちから荷造りが始まり、大切な品が疎開されて行った。

「朝子をこの危ない東京に、いつまでもおいていて大丈夫だろうか。品物は戦争が終われば、いつかはまた手に入れることができるが、朝子はどう思っているのかな？　田舎に戻りたければ帰ってもいいんだよ。わしらの事は何とかなるから……」

「私、学校続けたいです。今は挺身隊ですが、戦争が終わったら、また学校に行かれる日が来ます。友だちも東京にいます。その人たちと一緒に……私は大丈夫ですけど、伯父さん伯母さんのほうが心配ですから……」

「おいおい、ばぁさん聞いたかい？　朝子はわしらを年寄り扱いをして、心配しているぞー、ワッハハハハ」

「ちゃんと聞こえてましたよ。せいぜい足手まといにならないようにしなくっちゃねぇ。フフフ……朝子もすっかり東京の人に、この家の人間になってくれたのねぇ」

伯母は笑いながら、涙を拭いていた。傍でお静も笑っていた。

今日の空襲は、大分離れた場所で、さほどの被害もなかったようだった。

軍需工場で一日働いての帰り道、道路で友だちとキャッチボールをして遊んでいる『高瀬』の勝《まさる》を見付け、「勝ちゃん今晩はー」と声を掛けると、勝はきょとんとした顔をして、「どこのお姉ちゃんなの？……どうして僕の名前知ってるの？」

「お姉ちゃんはね、藤崎のお家にいるの。時々勝ちゃんのお家に用事で来るのよ。それで知ってるのよ」

「ふぅーん、そうだったのかぁー」

「今度、お姉ちゃんともキャッチボールして遊んでね」

「だってぇー、お姉ちゃんは女だろう？　女がキャッチボールするなんておかしいよ」

「あら、女がキャッチボールしていけないの？　お姉ちゃんだってできるのよ。そのうちにね、さようなら」

「お姉ちゃんさようならぁー」

母親の手作りらしいグローブ。工夫して帯の芯で作った物のようだった。何もない総て有る物を利用しなければならない時代。帯の芯で作った救急袋も、殆どの人が持っていた。

夕食後、黒い布で覆いをしたスタンドの下で本を読んでいると、けたたましいサイレンが鳴り響き、空襲警報が発令された。

自警団の人たちはメガホンで、空襲警報を叫んで歩き、暗がりの中から防空頭巾を手に取り、伯母たちの部屋に行ってみると、三人集まってラジオを聴いていた。

『大本営発表、敵B29が多数本土接近中。空襲警報発令』を繰り返し報じていた。

「さぁ早く、防空壕に入ろう」

伯父にせき立てられ、皆は壕に入ったが、朝子は好奇心から、どのようにして飛行機が飛んで来るのか、どのようにして爆弾を落とされるのか、この目で見たかったので、壕の上に立って夜空を見上げていると、壕の中から伯母が、「朝子、どうしたの？ 早く中に入りなさい」と呼びかける。

「はーい、今行きます」

返事ばかりして朝子は空中戦を観ていた。サーチライトに映し出された遥か向こうで、大きな敵機に対して小さな日本の飛行機が、相対して戦っている。片翼をもぎ取られて錐揉《きりも》み状態になって落ちて行く日本の飛行機、火を噴いて急降下していく飛行機。敵機は大量に来襲しているのに、日本の飛行機はわずかに二機のみ。

朝子は、現実の空中戦とは思いたくなかった。落下していく飛行機は、敵の飛行機だと思いたかった。目にしているものは地獄絵図であるのかもしれない等と、打ち消したい衝動にかられながら、握り拳を胸に祈る眼差しで見上げていた。

地上からは高射砲の弾丸が打ち上げられているが、敵の飛行機まで届かず、遥か下方で炸裂して虚しい抵抗のように見えた。この日の、日本の損害はどの程度だったのだろうか？

昭和二十年、お正月が来ても戦時下では、何一つ無い、寒い寒い正月だった。

三学期が始まっても、引き続き軍需工場へと勤労動員が続き、電車の中から見える光景は、日に日に街の様子を変え、焼け野原が目立つようになり、二本のレールの上を毎日電車は変わりなく走っているのが、不思議なくらいだった。レールだけが爆撃を受けなかった訳ではないだろうけど、それにしても電車は毎日混雑していて、男性が背中に背負っている鉄兜が、胸に当たって痛かった。

一月も終わりに近い日、お静と朝子は『高瀬』に配給米を届けに訪れた。

夕方六時に近い一段と冷え込む晩だった。米を届けて帰りかけようとした時、聡が庭のほうから回って来て、

「お静さん、朝子さん、今晩は」

「あら、聡さん、今晩は」

「お静さん、済みませんが朝子さんと十分ばかり、お話ししたいことがあるんですが……」

「あぁ、そうですか、どうぞ……じゃぁ私、先に帰ってますからね、朝子ちゃん」

朝子の腕を軽く押さえて言ったお静は、笑顔で女将さんと聡に会釈をすると、帰って行った。

聡の後について中庭に行ってみると、料理屋らしくきれいに手入れされた庭だった。

「すてきな庭ですね。聡さんはいつもこの池や庭を眺めて、生活できるんですね」

「朝子さん、気に入ってくれましたか？」

「伯母さんとこは庭もないし、見える処って言えば、市電とレールくらいでしょう。こういう庭を観ていると、何となく人間らしくなる感じがするし、心まで何だか広くなるような気がするわ」

「それ、どういうこと？」

「落ち着くってことなのかなぁー、きっと……うまく説明できないけど、戦争も何もかも忘れることができるような気持ちになれるわ」

戦争という言葉を聞いた聡の表情は一瞬曇り、何か言いたそうにしていたが、「戦争かぁー……」とつぶやくように言った。聡のその言葉の意味を朝子は見抜くことができず、

「いろんな木が植えてあるんですねぇ。これが冬でなく春や夏だったら、花が咲いてもっと綺麗なんでしょうねぇ」

「ね朝子さん、今度の日曜日、都合良かったら、この庭で写真撮りませんか？」

「あらいいですね。でもフィルム手に入りますか？　なかなか買えないって聞いてますけど」

「僕の友だちから、この間、譲ってもらったんですよ。この庭だって向こうに防空壕を作ったりしたから、植木も少なくなったし、広さも随分狭くなってしまったけど、この家だっていつ空襲で無くなるかもしれないからね。今のうちに写しておきたいと思って。それには朝子さんも一緒に写っていれば、なおいいなぁと思いついたもんですから」

爆風でガラスが飛び散らないように、細い紙で放射状に貼ってある縁側のガラス戸が開いて、女将さんが、

「朝子さん、立ち話も何ですから、どうぞお茶でも召し上がって、ここにお掛けになって……」

「有りがとうございます。でも私、そろそろ帰んなきゃぁ……伯母さんたちが心配しますから」

女将さんの背中越しに勝が顔を出し、「お姉ちゃん、上がって遊んで行ってよ」と言う。

「あら勝ちゃん、今晩は。でも今日は遅いから、そのうちまたキャッチボールしようね」

「うん」

「これチビ助、お姉ちゃんといつもキャッチボールして、遊んでもらっているのかい？」

「エヘヘヘ……そうだよ」

「遊んでもらっているのは、お姉ちゃんのほうかもね、勝ちゃん」

「勝、お姉ちゃんは勉強があるんだから、ご無理言ってはいけませんよ」

「僕だって勉強があるよーだ」

「ハッハハハ……」

「オッホホホ……」

田舎の弟と同じ年の勝は、笑いながら、さっさと奥に引っ込んでしまった。

「おばさん、済みません。遅くなると……」

「そうですよねぇ。聡、近くまで送って差し上げてね」

朝子は女将さんに挨拶すると辞去した。物静かで穏やかな聡は、道々、金曜日と土曜日は、学校でゲートルを巻いて軍事教練といって、鉄砲の扱い方や、攻撃の訓練を受けていることを、拳を握りしめたり、いつもよりゼスチャーを入れてユーモアたっぷりに、しかも若者らしく力強く、熱弁になって話してくれた。それを朝子は聡の、今までにない反面を覗いたように受け取って聞いていた。このままどこまでも道が長ければ、もっともっと二人っきりで歩けたのに、もう目の前に伯母の家の勝手口の、コンクリート段の処まで着いていた。

「じゃ、今度の日曜日待ってます。今日はどうも有りがとう」

「有りがとうございました。お休みなさい」

夜、布団に入って、朝子は聡の話を思い返していた。


お静が、郷里の実家で急用ができ、何日間か帰ることになり、『高瀬』への届け物は朝子の役目になった。聡と逢う機会を持てるようになり、いつの間にかお互いに逢う日を決めて、夕暮れの裏道をあてもなく語り歩くようになったが、男女二人だけで歩くなど厳しい世の中なので、兄と妹ということにして、逢う瀬を楽しむようになった。

せっかくの日に、空襲で逢うチャンスを逸してしまったこともあったが、聡は、亡くなった父親のことや、将来教師になる抱負を生き生きと話してくれた。朝子は、聡が持っている本を借りたりもしたが、聡は、一冊の本たりとも粗末にすることなく、きちんと紙に包んで紐で十字に結んで、渡してくれる几帳面さが見られた。

その後も互いに連絡を取り合うようになっていた。


東京には、冬といっても雪がなく、快く晴れた日曜日となった。

朝子は、聡の待っている庭に行った。聡と勝、勝と朝子。そして女将さんも入って写真を撮ったが、それがどんなに深い意味を持ったものか、このときは知らなかった。朝子はこの前、「空襲で、いつこの家や庭が無くなるかも知れないから、その前に記念に写真で残して置きたい」という聡の言葉を、そのまま素直に受け取っていた。

その日の夕食後、伯母が、「今日はこんなに珍しいものが、配給になったから、食べてみよう」紙に包んである、指くらいのものを皆に配ってくれた。

「これ何ですか?」

「何でも、乾燥バナナだと言ってたよ。食べるとバナナの味がするそうだよ」

黒く干からびているがバナナの匂いがした。口に入れるとバナナの味に、粗食になじんでいた舌が、昔の味を思い出させた。

朝子は、今年になって二度目の便りを田舎の父母に、暗い電灯の下で書いた。殊更に紙や鉛筆が不足しており、書くにも倹約が必要になっていた。

『東京の小学生や老人は、田舎に疎開して行くが、私はできる限りこちらに残って学校を続けたい。学校といっても、今は挺身隊で軍需工場に勤労動員されているが、これもお国のためですから、伯父さん、伯母さんもお静さんも、皆よくしてくれるし、食物も充分とはいえないけど、三食食べているし、今日は生まれて初めて乾燥バナナを食べました。また近所の人から、写真も撮ってもらって元気でいます。それから、この前も書きましたが、日赤の看護婦になりたいのですが、父さん、母さんどう思いますか。返事下さい』

けたたましく飛行機の爆音が聞こえ、家の中も外も人々のざわめき。それより遅れて空襲警報のサイレンと、近所に爆弾が投下されたらしい、耳をつんざく炸裂の音。人々の不意をつかれた悲鳴が間近に聞こえ、曇りガラスがビリビリと震動し赤々と染まった。

朝子も急いで電灯を消すと、防空頭巾を被り、鞄を持って階下に降りて行くと、すでにリヤカーを階段下に横付けにして、布団や米櫃・貴重品を伯父と伯母と一緒に、積み込んでいた。再び伯母は二階に昇ると、二匹の猫を抱えて降りてくる。

「さぁ朝子、観音さまで合流したら、滝野川に行くからね。学校の道具持って来たかい？」

「はい、持って来ました」

すると伯父が、「ばぁさんたちは、早く裏から出なさい」と怒鳴るような大声で言い、一人リヤカーを引いて店の戸を開けると、浅草橋駅方面が一面の火の海になっていて、今にもこちらに押し寄せてくる勢いに、伯父は一瞬たじろいだが、意を決したように出て行ってしまった。上空には敵機が旋回しており、なおも爆弾が投下されている。

「伯母さん、早く行きましょう。伯父さん大丈夫かしらねぇ」

伯母の手を取って駆けるようにして歩くが、なかなか前に進まない感じがする。

「大丈夫だから、行ったんでしょうから、たぶん大丈夫でしょう。私たちも急ぎましょう。早く行こうね……」

伯母は息をはずませて、同じことを繰り返し言っていた。

合流地点までの長かったこと。だいぶ広範囲に焼けたと見え、人々が逃げまどう。

泣いている小さな子の手を引いて逃げて行くどこかの母子。その母親の背には背負えるだけの荷物を背負って、今にもつぶされそうになっている。

防空頭巾をどこかに落としてしまったのか、泣きたそうにして逃げて行く人。

泣きながら母親を捜す子。名前を呼びながら子を捜す母親。

敵機はしつっこく上空を飛んでいる。炎は夜空を焦がし、煙は遠くまで漂い、呼吸をするのも苦しい。寒いはずの冬が、この時ばかりは寒さを感じない。

雷門に着いたが、そこはどこを向いても、うろたえて逃げまどう人、人でごった返しており、阿鼻叫喚の場と化していた。

伯父の姿を捜すことは至難だった。同じような国民服に鉄兜とリヤカーの人ばかりで、見当がつかない。火炎は衰えることを知らないように燃えている。

〈爆弾なんか、百に一つくらいの命中率だから、恐れることはないなどと、誰が決めたの？　この命中率をどう説明するの。こんなに狭い日本の国なのに、海にも多少の爆弾は落ちただろうが、恐らく百発百中日本の国土を焼き尽くしているではないか……〉

「先に滝野川に行ってるかもしれないから、私たちもそっちに行ってみましょう」

伯母からせきたてられ、再び歩いた。

どのくらい歩いただろうか。炎と煙から逃れて暗さを増し、人の姿もまばらになって、ようやく伯父の姿を見付け、三人揃ってなおも滝野川に向かっていると、空襲警報解除のサイレンが鳴り、同時に三人はリヤカーを挟んで立ち止まり、安堵の溜め息をつくと、誰からともなく笑顔となり顔を見合わせ、息を弾ませ溜め息が出た。

近くの家々に灯りがついて、「戻ろうか」の伯父の声に、皆は疲労した顔に安堵の肩を落とす。伯母は座り込む。

「でも待てよ……もし戻っても家が焼かれて無くなってたら、皆で行っても、また戻らなければならなくなる。わし一人で観に行って来るから、皆はここで待っているのもいいし、滝野川に行ってもいいし、どうする？」

「皆で家を見に行ってみよう。家がどんな事になってるか。無くなってたら、またその時に皆で考えよう……どうする？……」

伯母のその提案に、皆無言で賛成し、家の方角にリヤカーの向きを変え、再び歩き出した。

「伯母さん、疲れたでしょう。リヤカーに乗せてもらいましょうよ」

荷物の間の僅かな隙間に伯母を乗せ、「やれやれ」といった感じで、リヤカーの荷物に寄りかかっていた。

朝子も伯父と一緒にリヤカーを引いた。「朝子は、リヤカーなど、引いたことがあったのかい？」と伯父が聞いている。

「家にもリヤカーは在りましたが、引いたり使ったりしたことはありませんでした。初めてです」

「そうだろうなぁー。東京に来てからも初めてだものなぁー」

雷門が見えて来た。浅草寺は焼け残り、雷門のそのままの姿を見た時、何となくほっとするものがあった。

焦げた臭いが強烈に鼻を突き、漂ってくる煙が目に沁みた。浅草寺の境内は罹災者なのだろうか、大勢の人でまだごった返していた。伯母の家が無事であるのを見て、三人は笑顔を取り戻し、疲れもいっぺんに吹き跳んだかのように家に駆け込んだ。

連日の空襲で、東京の人ばかりでなく、日本国中の人々が疲労が重なっていた。

〈また、空爆に襲われるのではないか、敵機がまだそこいら辺にウロウロしているのではないか……〉

などと考えたら、なかなか寝つかれなかった。

翌朝、勤労動員に出勤するのに、いつもの浅草橋駅に着いてみて朝子は驚いてしまった。道々の家もそうだったが、一夜にして瓦礫と化し、駅舎までも焼け落ちて、駅ではなく、コンクリート階段は砕けて、屋根も砕け散って様子が一変していた。

当然ながら電車も走ってなく、伯母の家に引き返さざるを得なかった。

翌二月十六日、朝から冷たい小雨が降りしきっていた。電車も復旧しており、朝子は軍事工場へと向かった。

電車の中で、再び聡との逢瀬を心待ちにしていたが適わず、寒い一日を機械の前に立っていても、手が、指が冷えた機械に吸い着きそうな日だった。

翌十七日の朝刊を見て、朝子は愕然とした。昨日の小雨の降る中を、文理系の大学生が、何千人と代々木練兵場を行進して、戦場に学徒出陣して行く姿が映し出されてあった。

反射的に朝子は立ち上がった。

〈聡さんとは、写真を撮った日以来、逢ってはいなかったが、まさか聡さんが……〉

朝子は居ても立ってもおられず、

「ちょっと、そこまで行ってきます」と誰にともなく言うと外に飛び出し、聡の家まで小走りに急いだ。『高瀬』の勝手口に回り、「おばさん……おばさんご免下さい……」と声を掛けたが、静まり返って物音がしない。〈留守なのかしら。また出直して来よう〉あきらめて帰ろうとした時、目を真っ赤に泣き腫らした女将さんが姿を見せ、

「朝子さんでしたか。こんな顔しているものですから、なるべく人さまにお会いしないようにと思ってたものですから……ご免なさいね」

手拭《てぬぐ》いで顔を覆いながら話す女将さんの姿を目の前にして、〈聡さん、やっぱり昨日出征したんだわ。聴いちゃ悪いかしら……〉心に咎めるものがあったが、聴かずにおられない。

「おばさん、何かあったんですか?」

女将さんはそれには答えず、「そうそう、朝子さんに渡すものがあったんだったわ」と立ち上がると奥に行き、手に封筒のような物を持ってくると、板の間に再び膝を付けて座り、

「この前、庭で撮った写真が出来たんですよ。聡がねぇ、朝子さんに渡してくれって……」

後は言葉にならず、むせび泣くばかり。

「おばさん……聡さんは?……」

「ご免なさいね。人さまの前で泣いたりして。聡は昨日召集されて、出征して行ってしまったん

ですよ。大学生まで戦場に連れて行くなんてぇ……ひどいですよねぇ。あんまりですよねぇ」

今朝の新聞の活字と写真が目の前にちらつき、軍靴の音が響いてくるような気がし、〈やっぱり聡さん行ってしまったんだわ。こんなことだったらせめて一目お逢いしたかったのに……〉

「今朝の新聞見ましたけど、やはり聡さんも、あの中に入っていたんですか？」

「朝子さんに逢わずに行くから、よろしく伝えてくれって……言いながら、その写真観てましたよ。今年に入ると間もなく、大学生の出陣があるらしいと、噂があったんですよね。聡は、私にもそれを知らせなかったんですけど、その写真撮った頃には、覚悟をしていたんですね。どうして戦争なんていうものが、世の中にあるんでしょうねぇ……」

女将さんは、手拭いをきつく握りしめ、溢れる涙を拭きながら、悔しそうに話していた。

朝子の頬にも涙が溢れ、手にしていた写真の封筒の上にこぼれ落ちていた。

女将さんの後にいつの間にか、勝がしょんぼりした表情で、黙って立っていた。その勝の手を握りしめた女将さんは、「この子も疎開させればいいんでしょうけど、手放したくなくって、不憫《ふびん》でねぇ」と話しながら、勝をしっかと腕に引き寄せていた。朝子は、どんな言葉でこの母子を慰めてよいかわからず、丁寧にお礼を言うと、伯母の家に戻り、部屋に入って一人、頂いた写真を見た。中に便箋一枚に走り書きで、

『お逢いせぬまま、出征して行きます。後に残す母と勝に、今まで以上に友達になって下さることをお願いします。

僕はどんなことがあっても、帰ってくる覚悟でおります。朝子さんもそれまで、どんなことが

あっても生き延びていて下さい。

この前写した写真できましたので、母に託します。お元気で、後を頼みます。　聡』

聡の唯一の筆跡である。

〈鎌田幹子さんも行方がわからなくなってしまったし、せっかくお近付きになれた聡さんまで、遠くに行ってしまったのねぇ。

この写真は、あの時もうすでに覚悟の上だったんですね。みんな平和そうな笑顔で写ってるけど、聡さん無事に戻って来て下さい。

おばさんや勝君のためばかりでなく、みんなのためにも……どうぞご無事で……〉

その翌日、母より返事が届いた。朝子が出した手紙も、母からのこの手紙も空爆に遭わず、無事届いてくれたことが有りがたかった。

『お前が、そのように決心しているのなら、父ちゃんも反対はしてませんから、好きなようにしてもいいが、伯父さん・伯母さんにはきちんと話して、そして、はっきりしてから受験するようにして下さい』

嬉しかった。この手紙を手にして、三年前、朝子が東京に出てきた頃より、さらに白髪の増えた伯父・伯母の前に伺い、思い切って話し出してみた。

難しい顔をして、腕組みをして考え込んでいた伯父は、時々伯母のほうを見る。

伯母は俯いたっきり、まばたきばかりして、溜め息をついている。しばらく沈黙が続いた。伯母が、「どんなもんだろうねぇ、あなた……」

「そうだなぁー、田舎の両親も許可してあるんだから、わしらも、朝子を束縛はできないことだし……」

「この家だって、いつまでこのままでおられるのか、いつ空襲に遭って、焼け出されてしまうのか、わからないしねぇ。朝子と折角ここまで一緒に生活して来たけど、朝子の希望を、私たちが壊して、一生悔やまれるようなことはできないし……ねぇ、あなたぁー」

「そうだなぁ、朝子はまだ若いし、わしらと一緒に戦争の犠牲にすることはできない。わしらも反対する権利はないからなぁー」

「伯父さんも伯母さんも、賛成してくれるんですね？」

「朝子自身のことだから、わしらには特に反対することはできないから……そうかといって、今更離れるのも……なぁーばぁさんや」

「私、できることなら、東京の日赤に入りたいんです。養成期間が何年間か有りますので、そうしたら、しばらくの間、東京にいられる筈ですから」

「そうかい、朝子はもうそこまで調べていたのか。そうかい、朝子の決心は硬いようだし、わしらにも出来ることは援助するから」

そう言って無理に笑顔を作り、伯母と顔を見合わせていた。

翌二十二日、弁当箱を救急袋に入れると、渋谷の広尾日赤本社に急いだ。五十名募集のところに、朝子に渡された受験番号は二百二十二番だった。まだまだ朝子の後にも人数がいる。三百人以上はいるようだった。

初日は面接が主で、筆記試験が一枚だけ。隣の席の二百二十三番の、山内コトとすっかり話が合って、昼休みには大分打ち解けた話までするようになっていた。

この一日目の試験で、半数以上の人が落ちたが、幸い朝子は二日目も受験できることができ、隣の山内コトも、愛想よく朝子に話しかけて来て、友情が深くなっていった。

この二日目の試験にも合格し、山内コトと揃って三日目の試験に取りかかった。

この三日間は空襲にも遭遇せず、無事試験も終了し、山内コトと「また、必ず会いましょう」との約束を交わし、一週間後の発表を待つだけとなった。

翌日曜日午後、久しぶりに学校に行ってみる。学校の近辺も空爆に遇い、大分様変わりになっており、瓦礫が増えていた。

友恵、千代子、孝子、年代、華子とメンバーが集まっており、皆しばらく振りなので、懐かしい教室に座り、その後の様子を尽きることなく話し合った。が、朝子は自分一人だけが、日赤の看護婦になろうとしている事を、皆に打ち明けることができず、ましてや昨日受験して来たなどとは、友だちを裏切るような感じで、とうとう話せなかった。

十日振りにお静が、郷里から戻って来た。実家で鋭気を蓄えたのか、生き生きしているような表情に見えた。
何年か振りに母親に逢って、充分楽しかったのだろう。

形見になった伯母の腕時計

夕食のすいとんが『高瀬』より届いていた。伯父の口に合ったすいとんだったらしく、「たまに、このようなすいとんも、悪くないなぁ、美味しいもんだなぁ」伯母も、

「たまに食べるから、口当たりがいいんで、これが毎日すいとんだったら、飽きてしまうでしょうね」

お静も、

「でも、このご時世に、昼食とかにはすいとんが多い家庭が、あるそうですよ。私たちは三食こうして作ってもらってますから、今日はどんな食事か？……と楽しみですけど」

「学校や工場に来ている友だちの中にも、お昼は持って来られない人がいるんですよ。私などは毎日弁当を持っていかれるので、幸せなほうです。たまに友だちと半分っこして、食べることもあるんですよ」

「持って来られない人がいるのかい？　働いているのに、ご飯も食べられない人がいるんだねぇ、可哀相にねぇ」

うす暗い電灯の下で食べても、美味しく出来ている食事は有りがたかった。

朝子は夕食を済ませて、母に手紙を書いていると、伯母が何やら手に持って来た。

「朝子の看護婦になるなんてこと、いつ決めたんだい？　私たち驚いてしまったよ。でも決心したからには、しっかりおやり……これはね……」と手に持っていた物は、伯母が大切にしていた金の腕時計だった。

「……何もかも供出しなければならなかったんだけど、これだけは、どうしても供出できなかったんだよ。軍に見つかったら、取り上げられるに決まっているからね。見つからないように使ってよ」

「うわぁー、伯母さん、こんなに大事な物をいいんですかぁー」

「あぁいいんだよ」

「うわぁ嬉しい。ピカピカしてる。伯母さん有りがとうございます。大切にします。それから母にも早速知らせます」

朝子は生まれて初めて、しかも金の腕時計を貰って、嬉しくってならなかった。

「毎朝、この出ているネジを竜頭《りゅうず》と言うそうだが、こうして巻くんだよ。そうしないと、止まってしまうからね。優しく巻いてね」

「はい、毎朝ですね。忘れないでします」

コチコチと秒を刻む音が、朝子には嬉しかった。

「それからね。そのうち全部朝子のものになる物だから、銀行の通帳と郵便局の通帳の番号を控えて持っているようにして、私たちに万一のことがあったら、これがこの家と土地の権利証書だから、金庫に入れておくから、どんな時でも必ず、持ち出してね」

「伯母さん、これどういう意味ですか？」

朝子は「その内全部、朝子の物になる」という言葉の意味を聞きたかったが、伯母は朝子の言葉を遮るように、

「指輪もかんざしも供出してしまったけど、この時計だけ取っておいて良かった。だけど本当に隠して持っているように、くれぐれもね。今のご時世では何もかも、うるさいからね。気をつけてよ」

〈お金を出しても物がなく、買えない世の中で、こんなにも大切な物ばかりを、どうして私に託すのだろうか……〉

母への手紙に付け加えて書き、

〈この手紙、大切なものですから、無事両親の許に届きますように……〉と、祈る想いで投函した。

その直後、けたたましい爆音と同時に警戒警報が鳴り響き、あっちこっちからまたたく間に火の手が上がり、B29が頭上を飛び回り、大編隊の空襲なのに、日本の飛行機はどこにいるのだろうか？……姿が無い。

三月二十五日、この日の空爆で神田方面一帯が、消失してしまった。

〔後になってから耳にしたことだが、そのあたりの日本の飛行機は、戦場には行っていても国内には殆ど残っていなかったとのことだった〕

日赤の受験から十日が経ち、朝子は三月六日工場からの帰り、発表を見に行った。

二百二十二番、二百二十二番と探したが、どこにも見当たらない。繰り返し何回も探したが見当たらない。

山内コトの二百二十三番は見付けたが、朝子の番号は見当らなかった。辺りを見渡しても、山内コトはもうとっくに、合格したのを見に来たのだろう。薄暗くなった掲示板の前には、もう誰もいない。

初めて不合格というものを味わって、しょんぼりと伯母の待っている家までたどり着くと、伯母は、

「おや、どうした朝子？　あぁ今日は発表の日だったよね確か……その顔では、駄目だったのかなぁ？……」と朝子の顔を覗くようにして、声をひそめて言っていた。

「伯母さん、ご免なさい。あんなに大きいことばかり言ってしまったのに、私、あきらめられないんで、田舎で、また受験してみたいんですが……田舎で、これから試験があればなんですが……」

「そうかい……そうしたらいい。母さんに連絡してみたらいいよ。若いうちは何遍でもやり直しがきくから、受かるまで何遍でもおやり……」

「そうします。速達で聞いてみます」

「田舎できっと受験できるよ」

朝子は、悔しさよりも、伯父、伯母に対して申し訳ない気持ちで、どうしても日赤に入るとい

う決意を固めていた。

母からの返事を待っている間、神田の学校に行ってみる。

二十五日の空爆で、学校は見るも無残な姿に変わっており、校内に入ることもできなくなっていた。窓ガラスも溶けて無くなって、向こう側がすっかり見えるまでになってしまい、机も椅子も黒板も真っ黒に焦げ、鉄筋の外壁だけが、これも煤で黒くなって哀れな姿をさらしていた。

「あらぁー朝子じゃない？　どうしてたの？　しばらく逢わなかったじゃないの」

「うん、ちょっと用事があってね。皆、変わりなかった？」

恭子も町子も綾も、やつれてはいたが、皆元気そうに集まって来た。

「私たちこの通り、変わりないけど、あのね安代と美子やられちゃったようよ」

「えっ、あのチビッ子で素早い安代がぁ？」

「そうなのよ、美子と同じ日らしいわよ。それから、校長先生もやられたということ聞いたわよ」

「えっ、校長先生までも……。誰か、幹子の消息知らない。鎌田幹子さんなんだけど」

「あの人、そうねぇ大分前から姿見えないねぇ。数学の先生で柴山先生もいなくなったって聞いてるわ。幹子は、その柴山先生の家の近くだったから、もしかしたらねぇ、一緒にやられちゃったのかもねぇ」

「そうなのぉ、みんないなくなって寂しくなったのね……。学校に戻りたいねぇ。この戦争いつまで続くのかねぇ」

ガラーンとなってしまった学校の残骸を見上げ、溜め息が出た。

伯父に、学校も消失したことと、校長先生も行方不明になっていることを報告した。

伯父は、「何とむごい世の中になってしまったんだろう。こんな地獄のような生活が、いつまで続くんだろうなぁー」と、溜め息混じりに、吐き出すように、悔しそうに、独り言のように言っていた。

朝子は部屋に戻ると、

〈やっぱり幹子も、行方が分からなくなっていたんだ。聡さん、今頃どこの戦場なんだろう。軍の秘密ということで、所在は明かされてないという。私も、看護婦になって早く戦地に行かれるようになりたい……今日逢ったクラスメイトたちにも、そのことは知らせることができなかった。まだ合格したわけではないので、殊更に話せなかった〉

折り返し、母親から速達が届いた。三月九・十・十一の三日間が受験日になっていた。申し込み用紙も同封されてあった。

〈良かったぁ……こちらも間に合って……〉

伯父、伯母にも早速知らせた。

この頃は、汽車の運行も制限されて、一日の本数が極端に少なくなっていた。したがって各駅から発売される切符も、一駅で十枚と制限されていた。つまり一日に十人分だけで、それ以外の人は切符を手に入れられないのだった。

駅の窓口が開くのが午前六時。それならば六時に駅に行けば買えるものと、安易に考え、七日午前五時半、お静に起こしてもらって、浅草橋駅に行ってみると、もうすでに切符を求めて行列ができていた。

人数を数えてみると、丁度十人。

〈あぁ……何ということなの……〉

溜め息だけが虚しい。

〈でもここまで来たんだから、もしも……ということだってあるし、何とかなるかもしれないもの……〉

十一人目に並んでみた。

十人目に並んでいる前の男性に、「何時から並んでいたんですか？」と聞いてみた。

「僕は、昨夜の十時に来て、ようやく十番目につくことができましたけど、これでもう三晩目なんですよ。家の近くの駅に二晩行って駄目だったので、今朝ようやくなんですよ」

「昨夜の十時ですかぁー？」

「えぇ、そうなんですよ」

「そうすると、先頭の人は昨日の明るいうちからなんでしょうねぇ」

「恐らく、徹夜したんでしょうね」

六時になり、出札が始まった。が、〈何とかなる……〉の考えは甘く、空戻りせざるを得なかった。

その日一日、動員での仕事を終えて、浅草に戻るとすぐ、夕食前に駅に並んで待つ旨を伯父、伯母に説明し、浅草橋駅に引き返した。翌朝六時までには、十二時間もあるのに、もうすでに二人の先客があった。

〈この人たちも真剣なんだね。私と同じ思いなんだろう。これで切符が手に入らなければ、受験に間に合わない。何としてもこの三番目を動かずに、頑張らなくっちゃぁ……〉

伯母から貰った金時計を、隠し見るのが楽しみだった。陽もとうにとっぷり暮れて、次第に寒さも増して来た七時半ごろ、お静が来てくれた。

「あら、お静さん、どうしたの?」

「朝子ちゃん、家に戻って、夕飯食べてらっしゃい。その間、私がここにいますから」

「あらそうだったんですか。済みませんお静さん。じゃぁ行って来ます」

夕食をあきらめていた朝子は、喜んで伯母の待っている家にとって帰り、急いで夕食を食べていると、傍で伯母が、行火《あんか》に炭火を入れたり、座布団や毛布を大きな風呂敷に包んだりしている。

「朝子、徹夜になるんだろうから、これを持ってお行き。夜は冷えるからね。大事な時に風邪などひかないようにしてね」

伯母の温かい心尽くしに感謝すると、伯母は風呂敷包みを背負い、朝子が行火を持ち、駅で朝子の代わりに、並んで待っているお静と交替した。

夜は深々《しんしん》と更けてゆき、並んでいる人の中から、手揉みしながら、朝子の傍に来て、「済みませんが、一寸手だけでも暖めさせて下さい。こうも寒いとやり切れませんなぁ」と言ってくる人がいた。「どうぞ」と行火を譲ると、「私にもちょっと……」「私は足だけでも……」と小さな行火は忽ち人気者となり、伯父、伯母、お静の温かさ、有りがたさが身に沁みた。

幸い空襲にも遭わず、腕時計のお陰で時間も早く過ぎたように感じられた。

夜も明け始めた午前六時。ようやく一枚の切符を手にすることができた。

お静が迎えに来てくれた。

「伯父さん、伯母さん、ただ今。お陰さまで買えました。有りがとうございました」

「そりゃぁ良かった。風邪ひかなかったかい。寒くなかったかい?」

「行火のお陰で、寒くなかったから……伯母さん、私十時四十五分の汽車で行こうと思っているんですが……」

「明日から、試験だものねぇ。頑張ってね」

「はい、試験が済んだら、すぐ戻ってきますから」

「そうかい、戻ってきてくれるんだね」

伯母は涙を拭《ぬぐ》っていた。

朝食を済ませると、持って行く少しばかりの荷物をまとめ、聡と写した写真を見て、

〈この写真、持って行って、父と母に、それから兄姉のみんなにも見せよう。このような友だちもできたんだよ……と見せよう〉

そんなことを空想して一人微笑んでいると、「朝子ちゃん……」とお静が呼んでいる。

「はーい」

聡の走り書きを添えた写真を机の上に置くと、伯母の部屋に行ってみる。

「朝子、荷物増やして悪いけど、これ持って行ってくれないかい。この前の荷物の疎開のときに、一緒に送るの忘れた掛け軸なんだけど、上野駅までお静に持たせるから」

「私、荷物少ないから、大丈夫ですから」

「大変だから、汽車に乗るまでお静、持って行ってよ」

朝子は伯父に挨拶すると、午前十時、お静と二人、勝手口のコンクリート段を降りると、伯母が出て来て見送ってくれた。

「田舎のみんなによろしく伝えてよ。頑張るんだよぉ……気を付けてねぇー」

伯母はいつまでも手を振っていた。これが朝子との最後の別れになろうとは、誰がこのとき、予想し得ただろうか。

煙突さん、見ていたのなら教えて

上野駅は大勢の人でごった返していた。大きなリュックサックや縞の大風呂敷に、いっぱいの荷物を背負っている人々が、右往左往していた。子供の手を引いて、さらに背には背負えるだけの荷物を背負って、まごまごしている母親の姿。

みんな真剣な表情をしている。この混乱している東京からの、脱出なのだろうか？

間もなく改札となり、汽車までの長いホームをお静と必死に走り、何とか座ることができた。

「途中、空襲に遭わなければいいけどねぇ、じゃ気を付けてね。試験も頑張って……」

「お静さんどうも有りがとう、行って来まーす」

朝子が座席についたのを見届けると、お静は荷物を網棚に載せて、ホームに降りてからも「気を付けてねぇー」と声を掛けてくれ、手を振りながら帰って行った。

〔この当時、汽車に乗るのに、整理券とか、座席指定券などというものが無かったので、ホームを我れ先に駆けて行って、座席を確保しなければならなかった〕

汽車は想像以上の混雑。通路はもちろんのこと、座席と座席の間にも人が割り込み、窓をこじ開けて窓縁にまで腰掛けている人。汽車の屋根の上まで人が乗っている様子。まさに鈴なりの状態だった。殺人的な混沌とした世相をそのままに、汽車は動き出した。人《ひと》いきれで窓が開いていても寒さを感じない。

〈これじゃあ手洗いにも立てないし……、屋根の上の人たちは、トンネルに入ったとき、どうするのかしら……煤《すす》だらけになってしまうんじゃないかしら。上野駅の子供を連れていたどこかのお母さん、無事に汽車に乗れただろうか……。あらぁー写真忘れて来てしまったぁー……折角のチャンスだったのに。あぁ、仕方ないなぁ〉

途中空襲にも遭うことなく、うす暗くなってからようやく郷里の駅に着いた。

東京に比べると比較にならない程の静かさ。被爆もしていないので、これが同じ日本の国なのか？　と疑いたくなるほど。田舎の澄んだ空気をいっぱいに吸い込んで、両手を挙げて思いっきり背伸びをしたい衝動にかられた。伯母から預かった掛け軸を持って、すっかり暮れた懐かしい街を歩き、歩きながら幼かった頃のことを思い出していた。

〈母と、東京の伯母の家に行き、帰りにはたくさんの荷物だったので、それに私は小さかったので、荷物を持つ役にもたたず、このときだけ母は人力車を使った。その人力車に乗られるのが、朝子にとって最高の楽しみだった。母にしてみれば最高の贅沢でもあったはず〉

山形は東京と比較すれば、タイムスリップしたような感じの穏やかさ。

〈これが本当に同じ日本の国なのだろうか？〉

父母、兄姉の待つ我が家に着いた。一家を挙げて、「よーぐ来られたなぁー……良《え》がった良《え》がった無事でぇー」と迎え入れられた。

夕食時、東京での空襲のこと、伯母たちと一緒の生活の様子、勤労動員の仕事のこと、そして神田の女学校も焼けて消失してしまったことや、東京日赤の試験が駄目になってしまったので、こちらで再受験することなど、詳しく説明した。

翌朝八日、日赤山形支部に行き、受験の手続きを済ませ、九日からの三日間の試験に挑戦した。

受験二日目（三月十日）の朝、二階に寝ていた朝子は、母から起こされた。

「朝子……東京が大変だよぉー……」

「大変ってなーにぃ……」

「今朝早く、浅草が空襲でやられたよぉー」

「それで伯母ちゃんたちは？」

「それはまだわからないげんどぉ、ラジオのニュースでも、新聞にも書いてあるだけげっきりわがらないげんども、だいぶ死んだ人がいるみだいなごどだよぉー」

〈どうして、よりによって、私が三、四日東京を離れている間に……伯父さん伯母さん、お静さん、無事に逃げられたかしら。まさか……まさか……いや、そんなことはない。きっと無事に逃げられたに決まっている。『高瀬』のおばさんと勝君は？……そして髪結いの秀代おばさんは？……どうしているかしら……〉

朝食を食べながらも、朝子の頭の中は東京に飛んでいた。

二日目の試験も無事済ませ、翌十一日最終日の試験場に行っても、そのことだけで試験も上の空の状態だった。

三日間の試験も済んで、午後、家に戻ると、伯父の弟の滝野川の義蔵氏が来ていた。

母は、試験場から戻って来た朝子を見付けるとすぐ、「東京の伯母ちゃん、行方がわからないんだどぉー」と知らせてくれた。義蔵氏の話はこうだった。

「十日の真夜中空襲があって、敵機は先に油を撒いて、それから爆弾を落とされたんでは、たまったもんじゃぁないですよ。アスファルトの道路まで火がついて、燃えているんだから、逃げ場を失ってバタバタと、皆死んでいったということですよ。兄とお静だけは無事に、私の家まで避難して来られたけれど、伯母だけがいくら四方八方手を尽くして捜しても、見つからないんですよ。それでもしかして、一人でこちらに来ているのかと思って、捜しに来てみたんですが……。そうですかぁー、こちらにも来てませんかぁ。それにしても朝子、いい時にこちらに戻ってたんだねぇ。良かった無事でぇ、伯母だけがねぇ……」

「叔父さん、いつ東京に戻りますか?」

「そうだなぁー、夜行列車が都合つけば、今夜のうちにでも帰って、向こうでまた伯母を捜さなければ。救護所なんかも、もう一度当たってみる必要あるし、これからもしも伯母がこちらに来たら、ぜひ面倒みて預かって頂きたいのですが……」

黙って聞いていた母が、涙を拭うと、

「無事に来てさえくれだらなっすー、連絡するがらっすー」

「母ちゃん、私、この叔父さんと一緒に東京さ行って、伯母ちゃんば捜してみる。いいべぇー。試験が終わったらすぐ東京さ戻るって、伯母ちゃんとも約束してたんだもの」

「お前、ほだなごど《そんなこと》言って、今、東京は何もかも無ぐなってすまったんだよぉー。伯母ちゃんの家も無ぐなってすまって、食う物も無いし、泊まるどごろも無いどごで、なじょするんだぁー」

「わかってる。んでも行ってみたい。伯母ちゃんの他にも、捜さなければならない人もいるし、試験も丁度終わったがら、行がせでぇ」

朝子は半ば強引に、叔父と夜行列車に乗った。東京から山形に来たときの混雑と違い、空いていた。

午前六時過ぎ、汽車から降ろされたところは東京ではなく、駅でもない線路の上だった。

これより先は汽車は進めないということで、途中で降ろされてしまった。

「叔父さん、ここどこなんでしょうね」

「さぁ、どこなんだろうね。いやぁ変なところで降ろされちゃったもんだなぁ。聞いてみよう」

同じ汽車から降ろされて、線路伝いに歩いている人々に聞いてみたが、聞かれた人たちも、

「どこなんでしょうねぇ。線路を歩いて行ったら、いつかは東京に着くんじゃぁないかと、歩いているだけで、さっぱりわかりません」と言う。

仕方がないので、朝子たちも汽車の進行方向に、線路伝いに歩いた。

何県なのか何市なのか、とにかく歩くだけ。何時間歩いただろうか。爆撃によって焼かれた家々の、瓦礫が多く見られるようになった。東京に入ったらしい。正午もとっくに過ぎ、ようや

く上野駅に着いた。上野駅も被害に遭っていた。

上野駅から見渡す市街は、〈これが四日前まで、私が見ていた東京なの?〉と目を疑いたくなるほどの別世界に変わってしまっていた。すっかり変貌してしまった東京に、朝子は声もなく茫然と立ち尽くしていた。傍にいた叔父が、「朝子、これからどうする?」

「私、とにかく浅草の伯母の家のあった場所に行ってみたい。それから伯母さん捜しをします。伯母さんが見つかっても見つからなくっても、二、三日のうちに、叔父さんの家に連絡に行きます」

「そうか。じゃぁ先に浅草まで、一緒に行ってみよう」

罹災者なのだろうか、浮浪者のような姿になって、気を失ったようにうろうろしている人が目立った。

叔父について、浅草方面を目指して歩き始めた。朝子一人だったら、とても方角などわからなかっただろう。それほど、東京はすっかり変わり果てていた。

見渡す限りの焼け野原に瓦礫ばかり。ここが道路だったのかと、疑いたくなる赤土。燃える物は総て焼き尽くされてしまって、何一つ残さない残酷な戦争に、ただただ言葉もない。

所々からまだ白煙が上がって、くすぶり続けていた。水道がへし曲がり、水だけが主もいなくなっても勢いよく出放しになっている。

「朝子、浅草だよ。着いたよ」

言われて辺りを見渡しても、〈これが伯母の家があった跡なの?……これが蔵前なの?〉と思うばかり。

広い店の床コンクリートも少々砕けてはあるが、面積もそのままに、二階の座敷に置いてあった金庫も、赤錆びて転がっており、裏口の六段のコンクリート段も、崩れてはいたが確かに間違いなかった。

〈まさか……〉と思っていたが、この目で確かめるまでは信じられなかった。

叔父が、茫然としている朝子に、

「私は、滝野川に戻るけど、朝子も無理しないで、気を付けてなぁ、待ってるから」

「叔父さん、有りがとうございました。浅草の伯父さんとお静さんによろしくお伝え下さい」

叔父も疲れた体を引きずるようにしながら、寂しそうに手を振って行ってしまった。

改めて辺りを見渡しても、人影もまばらで何も残っていない。有るものは瓦礫だけ。

裏口の六段のコンクリートの階段を、十日の深夜にも伯母が、この家から避難した際、降りて出たはず。伯母の温もりが、まだこの階段に残っているように感じ、一段一段登ってみた。

このコンクリート段の後ろの床下に、木炭やヤミ米がびっしり貯蔵してあったので、余計火の回りが早かったのだろう。

〈そうだ……あの写真……〉

机の上に忘れて行ってしまった聡からの写真。残っていよう筈がなかった。

〈写真も二度と同じ物が写せないのに。それに鞄、制服。私にとってこれらの物は総て、青春の想い出だったのに、同じ物が二度と手に入らない物ばかりなのに……〉

市電の停留所（安全地帯）跡もレールも赤錆て崩れて、かろうじて残ってはいるが、原型をとどめない箇所もあり、広い道路も赤土と化して面影がない。

〈『高瀬』の家は、そしておばさん、勝君は〉

急ぎ『高瀬』の家のある方角を目指して行ってみる。いつも慣れているはずの道なのに、三、四日の間にこんなにも変わってしまうものなのかと思うほど、変わり果てており、辺りを注意しながら歩いて行くと、朝子はギョッとして立ち止まって、釘付けになってしまった。

瓦礫の下から人間の手が、確かに人間の腕が、焼けて炭化してしまった腕が、膨張して拳《こぶし》を握りしめて、空に向かって振り上げている姿だった。

焼けた臭いに混じって悪臭まで漂っていた。体の上には瓦礫が積み重なり、男女の区別もつかないほどに、髪の毛一本残さず、正に地獄絵図だった。

一つ一つ重い瓦礫を取り除いても、生き返ることのないこの人は、どんなにか苦しかったことだろう。悔しく辛かったことだろう。拳《こぶし》を上げて敵に何か言いたそうにしている。

〈惨《ひど》い……、生きながら焼かれてしまうなんて、この地球上に人間がいる限り、戦争が続くんだろうか。どこの誰ともわからなくなってしまって……惨すぎる……風雨にさらされて収容にも取り残されてしまったこの遺体。どこかに連絡しなければ……〉

朝子は気を取り直して『高瀬』の家に、ここから歩くほどもなくすぐの処だが、石の門柱二本を残したのみで、跡形もなく変わり果てていた。

〈防空壕の中は？……〉

防空壕もすっかり崩れ落ちてしまって、手のつけようもない。ここにも人影もなく、再び伯母の家の焼け跡に引き返した。隣近所との共同の防空壕だったが、壕の入り口にあったはずの板戸も焼け落ち、暗い内部を目を凝《こ》らして見たが、瓦礫が転がっていることだけしかわからない。瓦礫を取り除き、中に入った朝子は再び、ギクッとしゃがみ込んでしまった。

壕の奥に二、三歳くらいの子供が、炭化して横たわっていた。さらに目を凝らして手探りでよく見ると、壕の土と同じ色になっているが、腰掛けたような姿の人の形。その胸に小さなもう一つの子供の遺体が、しっかりと抱かれていた。

〈安全なはずの防空壕なのに、これでは安全なものが何も無い。防空頭巾も何が役に立ったのだろうか?〉

壕の中に箪笥《たんす》や台所用品があったはずだったが、それらも跡形も無くなっているようだ。壕の外に出た朝子は、「伯母さーん……」と大空に向かって大声で呼んでみたかった。

戦災に遭った人々は、熱気から身を守るため、隅田川に入って逃れたが、その川で命を落とした人も大勢いたという。その人々は、軍のトラックでどこかに運ばれて行った、という話もあり、朝子はどこを捜せば良いのか、途方に暮れてしまった。

辺りはすっかり暮れて、寒さが増してきた。夜行列車で叔父と田舎を出る時、母親が作ってくれたおむすびがあるが、遺体を見てしまった後だけに、また伯母も捜せないのに、自分だけが食べてよいものか、朝子は迷ってしまった。

伯母から貰った腕時計が秒を刻んでいる。午後五時半を回っていた。

朝子もすっかり疲れ果てていた。昨夜から満足に食事もとっていない。水だけは、そこここから充分流れ出ているので助かった。

街灯もない真っ暗闇になって初めて、おむすびを一つ食べた。

〈このコンクリート段に寄り掛かって、今晩過ごせば、ひょっこり伯母が戻って来るかもしれない……。二匹の猫はどうなったんだろう。無事に逃げられたのだろうか？〉

辺りに猫の子一匹見当たらない。

そんなことを描いて、朝子は寒さ凌ぎの布一枚もないこの寒空で、疲れた体を横たえた。

〈明日は、しま伯母を捜しながら隅田川沿いに行って、髪結いの秀代おばの処に行ってみよう。秀代おばは無事なのだろうか？　それすら分からないが、若しかして、しま伯母はそこに行っているかも知れない〉

そんなことを思い浮かべていたら、寝不足もあって、いつの間にか寝入ってしまった。

真夜中、寒さで目が醒めた。辺りを見渡したが伯母の姿はなく、再び深い眠りに入り、朝を迎えたが、それ以上の変わりは無かった。地平線が、四方八方すっかり見えるようになってしまった焼け野原に、まばらに人影があった。

雷門を右に曲がって、髪結いをしていた秀代おばの家を目指して歩いていた。

浅草寺や雷門は焼けずに残ってあったが、その近辺の様子が変わってしまい、見当をつけても捜すことが困難な状況の中、勘を頼りに進んで行くと、かがんで何かをしている女の人は、髪結いの秀代おばのようだ。

おばの姿のあまりの変わりように、声を掛けるのもためらったが、近付いてよく見ると、その人は秀代おばに間違いなかった。

「おばさーん」

声を掛けられた秀代おばは振り向くと、朝子とわかり笑顔となり、「朝子ちゃんかい？　まぁよく無事でぇー……よく来てくれたねぇー」朝子の腕にしがみ付いて泣き崩れてしまった。心のバランスを失い、今後の生活の目処もなく、身を寄せる親戚一軒もないこのおばに対して、朝子はあまりにも力がなく若過ぎた。何をして慰めてよいのか見当もつかない。

「それにしても朝子ちゃん、あのひどい空襲の中から、よく無事で良かったわねぇー」

涙を拭き拭き話すので、田舎に日赤の受験に行っていたこと、滝野川の義蔵叔父と一緒に、しま伯母を捜しに戻って来たことを話した。

「そうだったのぉー、蔵前のしまさんも無事に、早く見つかるといいねぇ。朝子ちゃんは、でもいい時に田舎に行っていたねぇ」

「でもあの時、しま伯母さんと一緒だったら、こんなことにならなかったと思うんです」

「仕方ないよ、真夜中の空襲だったんだもの。自分を責めないで、朝子ちゃんはまだ若いんだし、自分の目的を持っているんだから、これからの人なんだから……」

「おばさん、おむすび食べますか？」

「おむすび持って来てくれたのかい、有りがたいねぇ。地獄に仏だよぉ」

秀代おばは、また涙を拭いていた。

朝子はおむすびを出してみたが、すっかり寒さで固くなっているのに驚いた。

「あらぁ、おばさん、おむすびこんなに固くなってるぅ」

「固くなるのも当然だよ、この寒さだもの。お米を食べられるだけでも有りがたいよぉ」

へし曲がって、水だけが蛇口から出ているその水で、手を洗うと適当な場所に腰をおろし、おばと分け合っておむすびを食べた。

「このおむすび、一昨日、滝野川の義蔵叔父と、夜中に田舎を発つ時、母が作ってくれたんです。だからこんなに固くなってしまって……おばさん、大丈夫ですか？」

「あらそうだったのぉ。田舎のお米なんだね。おいしい。固くったっておいしいよ。お米を食べるなんて、何日振りだろう」

秀代おばは、涙をポロポロこぼしながら、十日未明の空襲の話を始めた。それによると、

「爆撃の音が自分の頭の上にまで来たので、慌てて外に出たら、もう辺りは火の柱が立っていたんで、これはここにいられないと思ったから、貴重品と商売道具だけを持って、防空壕に入ろうと思っても、家の防空壕には入り口に蓋が最初から無かったんで、雨水が腰のあたりまで溜まっていてねぇ。いったんはその水の中に入ったんだけど、頭の上から火の粉がボンボン降って来るんで、熱くって堪らなかった。最初は自分の頭に水を掛けたりしていたんだけど、そのうち、どうにもならないんで、辺りを見たら、自分の家の飯釜《はんがま》が転がっているのが見えたんで、それを引っ張って持って来たまではよかったんだけど、その釜も熱《ねつ》で熱《あつ》くなっていてねぇ。水の中に落として熱を冷ましてから、自分の頭に被ってみたけど、最初は良かったが、そのうちに釜のほうが、

また熱で熱くなってしまって、鉄だからしようがないんだよねフフフフフ……」

秀代おばは、思い出して半分泣きながら語る。「……今だからこんなして笑っていられるけどねぇ、あの時は必死だったから、手に触れる物は、何でも使わなければならなかったからぁ、防空壕の中の水まで火で少し温かくなってしまってぇー、あのような様子を地獄って言うんだろうねぇー……」

秀代おばは、そこまで話すとまた涙を拭いていた。このおばは、焼けてしまった自分の家を目の前にして、今後の生活を考え、茫然自失の状態になっている様子が見られた。

「でも、こうして朝子ちゃんとも逢えたんで、いくらかでもお話しできたから、心の中が少しは軽くなったような気がするよ。朝子ちゃん、私のような者をよく忘れないで来てくれたのねぇ、有りがとう、有りがとう」

朝子の手を両手で固く握りしめて、何遍も礼を言っていた。

「おばさんの無事な姿を見られてよかった。これから浅草寺に行って、しま伯母さんの様子の確認に行って来ます。お元気で」

「有りがとう朝子ちゃーん、おしまさんのことがわかったら、また知らせてねぇー」

名残り惜しそうに、いつまでも手を振っていた。朝子は秀代おばと別れ、浅草寺境内にある救護所に寄り、しま伯母と『高瀬』の家族の消息を尋ねてみる。救護所の人も、「今のところ、この方々の消息はこちらには届いてませんので、一応、お名前とご住所だけ記入して下さい」ということだけだった。

この混乱しているご時世に、このくらいのことしかできないのが、心細く頼りなかった。再び、あの時、しま伯母が避難して来たこの小径を、逆に隅田川の縁《へり》を探しながら歩いて行った。

伯母の家からも見えていたあの銭湯の煙突が、隅田川の縁からも見えるようになってしまい、まだそのままの姿で立っていた。

〈あの煙突が当時のことを一部始終見ていたのなら、伯母と『高瀬』の家族の消息を聞いてみたい。話ができるのなら教えてほしい〉

後悔だけが重く残った。

滝野川に避難している達蔵伯父と、お静の様子を観に行くことにした。

〈そうだ、もしかしたら、しま伯母は元気でもう滝野川に行っていて、伯父たちと一緒かもしれない。そうだと嬉しいんだけどなぁ〉

そう思ったら急に元気が出て、隅田川に沿って歩いていると、そこいら辺から、また川の中から伯母が、「朝子ー、ここだよぉー」と手を振って呼んでいるのではないだろうかと、川縁もくまなく見ながら急いだ。

午前十一時ごろ、ようやく達蔵伯父たちが身を寄せている、義蔵叔父の家にたどり着いた。この辺りは、空襲にも遇わず、浅草とはうって変わって平和に見えたが、同じ東京の中で戦争をしているのに変わりはなかった。だがここにもしま伯母の姿はなく、達蔵伯父も義蔵叔父も、伯母捜しに出掛けていて、お静一人が留守番をしていた。

ちょうどサツマ芋の蒸《ふ》けたところであった。

「朝子ちゃんご苦労さま、疲れたでしょう。サツマ芋蒸けたところだから、一緒に食べましょう。ここいら辺は、埼玉県に近いから、お米でもお芋でも、割合い手に入るのよ」

気さくなお静は、湯気の上がっているサツマ芋を出してくれた。空腹の朝子は、お芋と水だけでも嬉しかった。お静は、三月十日未明の空襲のことを話してくれた。

「いつものように、旦那さんと一緒にリヤカーで出て、奥さん一人で裏口から出たっきり、いくら待っていても姿を現さなかったんですよ。火は燃えて、辺り一面、手も付けられない状態だったんです。あの小径など入って行かれないほどに燃えていたんですよ。可哀相に奥さん、それからどこもかしこも捜したんですけどねぇー」

涙ながらに話すお静に、朝子も、

「私、日赤の受験なんかに行かずに、東京にいたら、伯母さんと一緒だったら、こんなことにならなかったと思うんですよ。今更後悔しても遅いことでしょうけどね」

「運が悪かったんですよ、真夜中だったんですから。でもここ二、三日は空襲もなくって、のんびりしてますけど、奥さんのことを考えたら、そんなこと言ったりしたら罰が当たりますよねぇ。早く見つかるといいんですけどねぇ」

「私、午後の汽車でまた山形に戻りますが、二人の伯父さまたちによろしく伝えて下さい。試験の発表が十七日なので、落ち着いたら、また来ますから」

「そうですかぁ、朝子ちゃんも頑張ってますね。私たちもこれから、頑張って生きていきますから、田舎の皆さんによろしくね」

「はい、有りがとうございます。ご馳走さまでした」

午後も遅い汽車に乗ることができて、山形に戻った。


しま伯母は、唯一の頼みだった山形の母親すみの許にも、来ていなかった。伯父たちからも何の連絡も無かった。

朝子は、浅草の伯母の家の焼け跡で野宿をしたこと。伯母を捜して歩いたが見つからなかったこと。秀代おばと会って来たことなどを両親に報告した。その後も、しま伯母のことは脳裏から離れず、いつでも連絡があれば、出掛けられる用意はできていたが、二、三日はゆっくり過ごすことにした。


運命の十七日。発表の日、胸をときめかせて日赤山形支部に見に行った。

「あったー、私の名前があった。しかも三番に書いてあった。良かったぁー」

家までとって帰り、父母に報告した。

朝子の郷里では、この当時、看護婦の養成所が無かったので、秋田県か、長野県に行かなければならないが、朝子は、「長野のほうが東京に近いんで、長野に行がせでぇー、いいべぇー。そうしたら伯母ちゃん捜しも時々できるがらぁー」。両親も、「どごで暮らすのも、勉強するのも同ずだろうがら、朝子の好きなほうでいかんべぇ《（いいだろう）》なぁ」と。兄姉たちは、「お前は、いつでも好きなようにされで、いいなぁー」と羨ましがっていることを耳にしてて、

〈私は、兄姉たちのように親許から離れず、この家にかじりついているなんて、私の性に合わないのよ。親と一緒に生活していたいのは私も同じだけど、家にばかりいたら、井の中の蛙と同じになってしまう。私は世の中のことを、もっともっと経験したいのよ〉

朝子はそう心の中でつぶやいていた。

「んでも、試験にも受かったんだがら、頑張れや」と兄姉たちは言ってくれた。

「うん、頑張って看護婦になるがらね。兄《あん》ちゃん、姉ちゃんごめんね。勝手なことばかりして」

「自分で選んだんだがら、頑張るしかないなぁー。後のごどは心配ないがらぁー、行って来いや」

兄姉たちも応援してくれた。

昭和二十年三月末日。待望の日赤の制服に編み上げ靴を履いて、山形支部の二十五名の生徒は、日本赤十字社長野支部の海軍病院内にある養成所に入所した。長野支部の二十五名との、計五十名は、四月から一緒に講堂で、講義を受けることになった。

午前中は講義だが、午後から実地見学といって、外科に数名、内科に数名、耳鼻咽喉科に数名、XP室に二名、材料室に三名、その他は各病棟に、数名ずつ分かれて配属されて、実地の業務に携わることになった。

この方式は、一刻も早く実務を身につけさせて憶えさせ、一日も早く戦地に送り込むという、

正に徹底した教育内容だった。

〈聡さんは、どこの戦場に配属されているのかわからないが、私も、聡さんのお傍に行かれる日が、一日、一日と狭められてきている思いもあるけど、しま伯母と聡さんの家族を捜さなければ……〉

講義を受けていても、そんな思いが常に頭から離れなかった。

規則に厳しい寄宿舎生活で、夜勤もあってなかなか自由な時間が持てない一年生。外出する時は、必ず二人以上での行動を義務づけられていた。

寄宿舎は六畳間に、上級生が二人の中に、朝子たち一年生が四人入り、一人一畳の割合だった。贅沢は言えない。今は看護婦としての勉強が最優先の身。総て一から教えてもらわなければならない身だ。上級生を立てて、一年生は窮屈に身を小さくして、同室で勉強するにも、部屋の端っこの机も無い処でしなければならなかった。

だが、一日の講義・仕事、そして海軍軍人の入院している傷病兵の夕食が済んで、自分たちの夕食を済ませると、入浴ができる。温泉の湯が入っていたので、夜勤明けでもいつでも入れることが、何よりの心休まる時間だった。

朝子はゆったりと入浴していて、小さかった頃の思い出を回想していた。

〈あれは、二、三歳ころだった。左足小指の近くがひどいしもやけになって、それが崩れてしまったので、液がグシュグシュ出て、簡単な手当てはしてあっても、足袋や靴下を通して液がこびり付いて、足袋や靴下がひっついて脱げなくなり、しばらくお風呂に入ってふやかしてからでなければ、足袋もガーゼも剥がれないまでになったことがあった。あの頃はいつも母と一緒に風呂に入れて、母を独占できて幸せだったなぁ〉

今でも、その傷跡がケロイド状になって残っている。

三カ月が経った頃、一日の勤務を終えて同級生と入浴をしていると、急に非常呼集のベルが鳴った（この当時の非常呼集は、空襲警報の訓練が多かった）。髪を洗っていた朝子は、〈どうしよう……〉とパニックとなった。一緒に入浴していた同級生たちは、体を拭いて集合場所に行く準備をしている。

朝子も洗い髪のまま、急いで着替えて集合場所に行くと、すでに全員が集合していて、朝子は一番ビリになってしまった。

婦長が朝子の前まで来て、「どうして、一番最後になったのか、理由を言いなさい」と詰め寄る。

「五人の同級生と入浴しておりました。そして私は洗髪しておりましたので、最後になってしまいました」

それを聞いて、一緒に入浴していた同級生たちは、「クスクス……」と笑い出し、婦長も朝子の髪の毛が濡れていたので、それ以上何も言わずに立ち去ってくれた。

どんなお咎めがあるのかと、内心ビクビクしてしまった。

同級生五十名の中でも、朝子は一番上背があったので、勤務移動の時などの場合、中央廊下に生徒全員集合して、院長先生に申告をする役が、朝子だった。

院長先生がおいでになると、朝子が、「院長先生に頭《かしら》ー中《なか》……」それに続いて、「直れっ」の号令を言わなければならないところを、その次に、一番先に自分の勤務移動の申告を、「朝一、本日を以て、○○勤務を命ぜられました」の申告が気になって、「直れ」の号令をいつも忘れてしまうのだった。

朝子が申告を済ませると、左隣の同級生が移動場所の申告を次々と報告する。

この申告が済むと、同級生に、「朝一さん、今日も『直れ』の号令忘れたのね」と言われ、「あー、そうだったねぇ、ご免なさい。これから忘れないようにするからね」

そう言っても、やはり次の申告の時にも忘れてしまって、失敗の連続だった。

休日、朝子は東京に出て、伯母と『高瀬』の家族捜しを続けていた。結果はいつも空振りばかりだった。どこをどのように捜せばいいのか、滝野川の伯父やお静の顔を見に、月に一度の割合で行っていた。

朝子の日赤の制服姿を見たお静は、「朝子ちゃんもすっかり立派になってぇー」と羨ましそうに見ていた。

伯父もお静も変わりなく過ごしていたので、いつも安心できたが、伯母の消息は依然として、伯父たちにもわからない状態が続いていた。

病院で講義を受けている時も、仕事をしている時も、こうして汽車に乗って往復するのにも、伯母から貰った腕時計が役に立って、助かっていた。

　朝子たちがこの看護婦養成所に入所すると間もなく、講義の合間に、男性職員に引率されて、蓼科高原近くまで行き、山から大きな木を切り倒して、その丸太にくさびを打ち綱をかけて、病院までズルズルと引きずって降ろす作業があった。病院の裏庭に防空壕を作るのだという。

〈東京の防空壕もたくさん見て来たが、このような頑丈な材木を使って防空壕を作るのなら、入院している患者さん始め、医師・職員・看護婦も大勢いるが、さぞ大きな防空壕になるんだろう。それから外来患者さん方の見えている、日中などに空襲警報が出たら、その患者さんたちも入ることができるようにするのかもしれない。それにこれから防空壕を作るなどとは、本当にのんびりしている処なんだわ〉

　などと、一人で想像して重い丸太を引っ張り降ろす作業をしていた。

〈この長野に来てから、東京に近いのに、爆撃された箇所がなく、実際の空襲警報も発令されてないが、時々病院内だけの訓練は行なわれる。特に、火ばたきやバケツリレーや、負傷した人の搬送などの実地訓練は、一度も行なわれなかった。それだけこの長野は平和な地なんだわ。ましてやこれから防空壕を作るというんだから〉

　東京の防空壕は、地面の土を掘って作ってあったが、この長野地方では、土の上に丸太を建てて、その上から土を被せるものだった。普通の家の建築とあまり変わりない、地上に出ている防空壕。違うところは、上から土を被せて、地面と同じように見せ掛けたものだった。それであのように多量の丸太が必要だったのだ。出来上がった防空壕に一度も入るチャンスはなかった。

海軍傷病兵の中に、若い二十歳前と思われる負傷兵が入院していた。

ある人は、両足首から下が欠損して無くなっている。ある人は右腕と左足を失って、かろうじて松葉杖を使って歩いている。上半身をギプスに固定されて、身動きもできない人。両足首から下を失った人は、その当時車椅子も無く、義足も無かったので、夕方になると「バスに連れて行ってくれ」と言われた。〈どのようにして連れて行くのか?〉と思っていたら、看護婦におんぶされて風呂場まで行く。浴室内では人の手を借りることもなく、自力でできたが、帰室する時に再び声が掛かり、おんぶして運ぶ。

海軍らしく、ここではちょっとした単語は、外国語を使って会話していた。

風呂のことを「バス」。食事のことを「エッセン」などと、また注射のアンプルに書いてある文字も、殆どが横文字になっていたので、朝子たちもある程度のアルファベットの勉強が必要だった。

ニュースなどで観たり、聴いたりしていた特攻隊員の若い人たちが、傷ついて痛手を負って、今、目の前にいる。手足を欠損しても、こうして生き残った人の将来を考えると、気の毒だが、帰って来られなかった人々も中にはいることを、忘れないようにしなければならないと、痛切に感じた。

他の地方では空襲によって機銃掃射を浴びせられ、一般市民が大勢犠牲になっている話も、まだ聞こえてくる。防空訓練も盛んに行なわれている。

東京では、二十歳前の若い男性が、特攻隊員を志願して入隊し、第一線に立って活躍している話も耳に入った。映画のニュースでも観ることができた。東京と少し離れたこの長野なのに、戦争による騒々しさは、全く感じられなかったが、物資と食料の不足は全国同じだった。

朝子たち一年生の体力作りは、病院近くに、空いたままになっている小さな馬場で行なわれた。戦争前は、馬のレースが行なわれていたのかもしれないが、今は、馬場コースの外側には近くの民家の菜園になって、馬も戦場に駆り出されたのか一頭も見当たらず、その馬場コースを四名一組になって、タンカを持って走ることだった。朝子は何をするにも、いつも先頭にならなければならない。

〈どうして私、こんなに高い身長に生まれてきてしまったんだろう？　何をするにも女学校でもそうだったが、この病院に来てからまでも、総て先頭なんだもの。悪いことではないから、いいけど……〉

先頭をタンカを持って何周か走っているうちに、後部のほうが少しだらけてしまい、崩れて行き、先頭の朝子たちから追い越されてしまう。いつもの訓練の時も同じだった。

〈やっぱり先頭を走ったほうがいいことあるわ。後部になると、どうしてもだらけてしまうんだね。先頭の私たちは、同じ走っていてもシャンとしているのに、後部の組は息はずませてハァーハァーしている〉

休憩の時間になると、婦長が大豆の煎ったものを、一人十粒程度配ってくれる。この時だけ食べられるオヤツだった。

古い建物のこの病院の裏手に、遺体安置所が在った。夜勤の巡回時、そこも見回る。安置所が空の場合も、あまり気持ちのいいものではないが、遺体が安置されていると、現在と違って、当時は座棺を使っていたので、遺体は膝を立てた状態になって、白い布で覆われていた。家族の引き取り人が来るまで、この状態で安置されていた。

家族が見えると、リヤカーに乗せられた座棺に納められて、裏口から見送られて行く。その安置所の入り口の戸の建てつけが古いので、風が強いと、その戸がギィギィバッタンと、開いたり閉まったりするので、気持ちよくなかった。

X―P室に配置換えになった時、中年の女の人が左乳房が切除されて、傷口が直径二十センチくらいの大きさに開いており、その傷口のガーゼを剥がすと、傷口から湯気が上がっていた。朝子はこのようなひどい傷口を初めて見て、〈うわぁー女の人が病気をすると、こんなになるのかぁー〉と驚いてしまった。

その患者さんの傷口にX―P照射が施され、毎日のように通院していた。

〔その当時の『癌』だったと思われるが、傷口を縫合することなく、術後X―P照射して傷口の皮膚が覆い被さるまでか？　完治するまでなのか？　現在の方法と異なっていた〕

上級生と同じ部屋で、思うように予習もできないので、午後八時の点呼を済ませると、誰言うともなく、講義室の隣にある人体の標本を保管してある、光も入らないが内部からの灯りも外に漏れない標本室に目をつけ、夜勤でない限り、その部屋に同級生が集まって勉強をするようになった。

そこには机や椅子もないので、標本が並んであるガラス張りの、少し出ている台を利用した。もちろん毛布や座布団も無いので、冷たい床に、病気で切断された片手や片足、胎内の一カ月の赤ちゃんから十カ月までの赤ちゃんが、ずらりホルマリン漬けになって、並んでいる前に座っての勉強だった。

最初のうちは張り切って頑張って勉強していたが、明け方近くになると、全員はぐっすり眠っていた。そんな勉強の仕方が何日間も続いた。

東京方面だけでなく、甲府地方まで爆撃を受けたというニュースを聴くたびに、心は東京に飛んでいたが、勝手な行動の許されない現在の身だ。

〈いくら東京に近いとはいっても、女学校の時とは違うんだ。女学校でも生徒だった。今も看護婦の生徒だが、女学校の時のようなわけにはゆかないんだ。これは仕事なんだ〉

軽く考えていた朝子は、考えを改めざるを得なかった。

〈そうだ……夜勤明けを利用して、往復の汽車の中で仮眠をとれば、東京に出られる。休日も利用するが、そうだ、そうしよう〉

単独行動は許されないが、見つかったら、その時はその時と覚悟を決めて、東京通いを実行していた。

浅草蔵前の様子は、依然として変わらず、『高瀬』の焼け跡もそのままになっていた。幾度も救護所にも足を運んだが、収穫は皆無だった。

〈何らかの変化とか、自分が捜している人に逢えたら……などと、いつも期待して出掛けて来ていたのだったが……〉

瓦礫だけが朝子を迎えているばかり。来て見るたびに、虚しさだけが積み重なっていく。

〈どうしたらいいの。私一人の力では何もできない。どうにもならない。これ以上どうすればいいの〉

一人の力では何もできない無力を思い知らされ、挫折を感じてしまった。

東京は、食料はもとより物資の不足も益々ひどくなり、様変わりもひどくなってゆくばかり。罹災者が浮浪者同様になって、激増していたのに驚いてしまった。

そんな中を、朝子だけが日赤の制服姿に、後ろを振り返り見られていることに対して、何となく自分だけがいい思いをしているように思われるのが辛かった。

交通機関はある程度、回復していたので、浅草までは何とか行くことができたが、市電はまだそのままになっており、線路だけが赤錆たままになっていた。

滝野川のお静とは、文通をしていたので、様子はわかっていたが、時間の許す限り滝野川まで足を延ばした。達蔵伯父や義蔵叔父・お静が変わりなく生活していることが、せめてもの救いだった。

　三月十日の東京大空襲の際に、二十万人もの犠牲者が出たとのニュースがあったが、広島に原子爆弾が投下されて、何十万人もの犠牲者を出し、続いて長崎にも同様の原爆が投下され、大勢の犠牲者が出た。

　巷の噂によると、「広島にも、長崎にもこれから木一本、雑草も生えないくらいの、強力な爆弾だっていうから、人間も住めなくなるそうだ」という、まことしやかな噂が流れていた。

〈このような、強力で破壊力のある武器を持っているアメリカやイギリスを相手にして、日本はどこまで戦うつもりなのだろう。これ以上の犠牲者が出れば、日本の国に人間がいなくなってしまうではないか……〉

　朝子が、日赤の看護婦養成所に入所してから四カ月目、八月十五日の午前中に、《本日正午、全員会場に集合》との院内放送で、病院内はその事でもちっきりの状態になっていた。

「何の話だろうね」

「防空訓練にしては、おかしいね」

「病院が移転でもするのかね」

　憶測だけが飛躍して跳び交っていた。

　正午、海軍軍人の患者さん・職員・婦長始め看護婦・生徒も加わって会場に集合すると、壇上正面にラジオが一台置いてあり、そこから放送されたのは、初めて聴く天皇陛下のお言葉だった。

患者さんたちは、男泣きに泣いている人もおり、唇を喰いしばっている人もいたが、朝子たちは、放送の意味がわからず上級生に聞いたり、また軍人の患者さんに聞いたりして、ようやく日本の敗北を知った。

〈何百万人という人を犠牲にしておいて、こんな形で終戦なんて、これでは犠牲になった人々は浮かばれないではないか。そして学業の中途で学徒動員された、若い大学生の人々はどうなるのだろう。また、やはり戦争のために、学校を中退までしてしまった私のような人間も、他にたくさんいることだろう。女学校を中退までして、終戦でまた挫折してしまったら、半端者になってしまう。何としても看護婦の資格だけは取得しなければ、親に対しても、伯父、伯母のためにも顔向けができなくなる〉

終戦になって日本全国民は喜んでいるのに、朝子は、志半ばにして終戦を迎えたことに、ショックを隠し得なかった。

これで空襲も無くなり、爆撃されないのなら、これ以上の犠牲者は出ることもなく、喜ぶべきであった。

「欲しがりません、勝つまでは」「艱難辛苦を共にし」と、勝つ戦いと信じて、軍国主義の教育を一途に、純粋に素直に受け入れて頑張ってきた日本国民だったが、敗戦という天皇陛下のお言葉に、全国民の誰しもが言葉もなかっただろうと思われる。

朝子は、その後もしま伯母と『高瀬』の家族捜しに、東京に暇をみては行っていた。

電車の中から見える光景が、少しずつ変わってきていた。焼け野原にバラックが何軒か建てられ、逞しく生活している家族もあり、浅草蔵前でも、少しは瓦礫も整理されてあった。が、コンクリート階段と、二階から落ちてしまった金庫はそのままに、伯父たちの立ち退き先の住所の書いてある立て札だけが、風に揺られていた。

『高瀬』の家族はどこなのか。焼け跡もそのままになっており、立て札もなかった。依然として何の連絡方法も摑めなかった。

終戦後、十二月になっても、しま伯母の消息は何もなかった。

そんなある日、虚しく長野に戻ろうと、早目に上野駅の西郷さんの銅像の処まで差し掛かると、突然、「泥棒だぁー、こらぁー待てぇー、誰かその小僧を捕まえてくれー」と、けたたましい叫び声とともに、二人の男の子を追い掛けて来る年配の男の人と女の人。

西郷さんの銅像のところで、おむすびを食べていたら、男の子二人から食べ物を盗られた様子。逃げてくる男の子をよく見ると、後ろから逃げて来るのは、まぎれもなく『高瀬』の勝だった。着ている学生服は垢にまみれて破れ、痩せて形相まで変わり、真っ黒な顔をしているが、確かに勝に違いなかった。朝子は反射的に後を追った。人を掻き分け上野駅の地下道に入った。

そこには朝子が、今まで見たこともない世界があった。罹災者がここに集まったのだろう。戦災で住む家を失い、家族を失って行く宛ても無い人々の、雨露と寒さから身を守る手段として、冷たく硬いコンクリートの床に、わずかばかりの新聞紙が敷かれ、男の人も女の人も子供も混じって、累々《るいるい》と溢れんばかりの混みようだった。

朝子の侵入に、それらの人は目だけ光らせて、横たわって見ている。起き上がる力もないのだろうか。

それらの人の中ほどに先ほどの二人の男の子が、壁のほうを向いて座り何か食べていた。

「勝ちゃん……」

朝子は声を掛けてみたが、振り向かない。しばらくすると、もう一人の男の子が、「お姉ちゃん、僕たちに何か用があるの?」と朝子に問うてきた。朝子は勝のほうを指差して、「この子、勝君って言うんでしょう?」と聞くと、

「さぁ、知らないね」と、その子はそっぽを向く。

「だってずーと一緒だったんでしょう?」

「お姉ちゃんは、人を捜しているの?」

「そうなのよ。高瀬勝君という子と、そのお母さんなんだけど、この子の名前は?」

「ふうーん。だけどこの子、喋ったことないから、名前わかんないよ」

隣に座っている勝を差して言う。

「喋ったことないって、じゃぁ名前も聞いたことないの?」

「聞いても喋らないもん」

「そうなの……勝ちゃん……お姉ちゃんよ……勝ちゃん……」

「………」

勝はうつろな目で朝子を見ていたが、疲れたのか、そのまま横になって目をつぶってしまった。

〈何ということだろう。三月十日の空襲で、この勝ちゃんの家族の上に、あまりにも強烈な衝撃が起きたため、小さな心が傷付き、このような状態になってしまったのではないだろうか……せっかく逢えたのに……〉

「勝ちゃん、お母さんは？」

勝は目を閉じたっきり、身動きもしない。

「お姉ちゃん、この子に話し掛けたって無駄だよ。今まで一言だって喋ったことがないんだから」

「そうなの。じゃぁね、あなたにお願いがあるんだけど……僕のお名前何というの？」

「僕？　高橋ヒロユキ」

「ヒロユキちゃんね。あのね、この子を勝君って呼んで頂戴。そうしたらきっと自分を思い出すかもしれないから」

「なーんだぁ、自分の名前も忘れてしまったのかぁー、こいつはー」

「まだわかんないけどね、今度お姉ちゃん来る時、きっとお土産持って来て上げるから」

「うん、いいよ」

「じゃぁ勝ちゃんをお願いね。さようなら」

勝の顔や頭を撫でながら、〈今度来た時は、お話しして頂戴ね。また近い内に来てみるから、それまで頑張っていてね。元気でね〉と心の中で祈るように話しかけた。

「さようなら、お姉ちゃん」

辺りの罹災者は、けげんそうな顔をしてなおも見ていた。

長野日赤の寄宿舎に戻った朝子は、郷里の母親に手紙を書いた。

『兄や弟の古着でいいから、送って下さい。大至急お願いします。それからお金も少々、電車賃程度でいいから、お願いします』

と、初めて金の無心をし、速達で出した。母は驚いて早速送ってくれた。母からの小包みの中に、手紙も入っており、『男物ばかり、何に使うのかわからないけど、家にあるだけまとめて送ります』という走り書きを添えて、セーターやズボン、弟の小さくなった学生服やシャツ・靴下、それに金百円が入っており、ご飯を干して、それを煎って甘くしたものまで入っていた。

朝子は、講義中も仕事中も、次の休日の来るのが待ち遠しかった。

〈勝ちゃん、話せるようになったかしら。食事が無くて、お腹空かせているだろうね。しま伯母は、そして勝ちゃんのお母さんは、それから聡さんは無事に帰還されただろうか？　帰還されているのなら、今どこに……、勝ちゃんのことを知らせなければならないから〉

休日が待てずに、夜勤明けを利用して、東京に出て、勝のいる上野駅の地下道に真っすぐ行こうとしたが、西郷さんの銅像の周りには、今日もたくさんの罹災者がうごめいていた。その近くの大道で、乳幼児の頭大の大きなおむすびが、一個三十円で売っていた。

学生の朝子にとって三十円は大金だったが、母からの仕送りもあったので、気が大きくなって、勝とヒロユキにと二個のおむすびを求めると、地下道に行ってみる。この前と変わらず罹災者で溢れており、通路も無いほどになっていた。

悪臭が鼻を突く。ようやく勝とヒロユキを捜しあてたが、勝は横たわったまま寝入っているのか、身動きもしない。

「あっ、この前のお姉ちゃんだぁー、本当に来てくれたんだね」

ヒロユキは朝子を見付けると、人懐っこい笑顔で、声を掛けてくれた。

「あれから、勝ちゃん何か喋ってくれた？」

「ううん……何も喋べんないよ……」

首を横に振ると言葉を続けて、

「……それよりこいつ、昨日から全然動かなくなってしまったんだよ。食物持って来てやっても、目も開けないんだよ」

泣きだしそうな顔で知らせてくれるヒロユキに、約束のお土産の古着とおむすびを渡すと、勝を膝に抱き上げ、濡らしてきたタオルで顔と手を拭いた。

「勝ちゃん、お姉ちゃんよ……勝ちゃん起きて……勝ちゃんおむすび食べよう」

痩せた顔に弱々しく目を開けた勝に、なおも話し続けた。

その目は、ようやく朝子をじーっと見つめてくれた。口に水筒の水を含ませる。

「勝ちゃん、お姉ちゃんよ。わかる?……勝ちゃん、お母さんは?……」

「………」

かすかに勝の顔に微笑みが見られた。朝子の目から止めどもなく涙が溢れ、勝の顔に体に落ちていった。

「勝ちゃん、わかってくれたのね」

勝君は朝子の腕の中で大きな吐息をつくと、静かに息を引き取ってしまった。

〈持って来たおむすびも、古着だけど勝ちゃんには間に合わなかったのね。ご免なさい勝ちゃん……。お姉ちゃん何もして上げることできなかった。勝ちゃんのお母さんや、お兄さんにお逢いした時、お姉ちゃん、何と知らせたらいいの、勝ちゃん〉

勝にせめてもの、弟の学生服に着せ替え、持っていたハンカチで勝の顔を覆ってやることしか、何もできなかった。

隣に座って寂しそうに見ていたヒロユキに、朝子は、

「ヒロユキちゃん、どうも有りがとう。今日まで勝ちゃんの面倒を見てくれたのにねぇ。折角友だちになってくれてたのにね。有りがとう。お姉ちゃん、これから、ここに来られるかどうかわからないけど、元気でね」

お互い、二、三回程度きり逢ってなかったが、「お姉ちゃん……また来てくれない？」とヒロユキは言った。

「来てあげたいけど、約束できないかもしれないの」

「どうしても来られないの？……こいつが死んじゃったからなの？」

「来て上げたいんだけど、この勝ちゃんのお母さんも捜さなければならないんで……都合みて、来られたら来てみるけど、約束できないのよ。ご免ねヒロユキちゃん……」

ヒロユキの涙が頬を伝って流れていた。朝子もともに涙していた。

「ヒロユキちゃんご免ね。有りがとう。それにお姉ちゃん、お仕事があるんで……約束できないのよ。本当にご免ね」

ヒロユキは涙で顔をクシャクシャにして、「お姉ちゃんまた来てぇ……きっと来てぇ」と言って縋っていた。このような場合も朝子はあまりにも微弱だった。

ヒロユキに、これ以上何もしてあげることができないのが悔しかった。

〈出来ることなら、寄宿舎生活でなかったら、勝ちゃんもヒロユキちゃんも、暖かい家に連れて帰ってあげたいが、できないので……ご免ねヒロユキちゃん。有りがとう〉

いつまでも手を振っているヒロユキが哀れであった。勝の死亡を、近くの救護所に報告・依頼し、しょんぼり長野に戻った。

〈勝ちゃんは、幼い身に襲いかかったショックのため、総ての記憶と言葉を失い、それに優しいお母さんとお兄さんに育てられて、あまりにも育ちの良さが災いしたのだろうか。友だちのヒロユキ君のように逞しく世渡りする術を知らなかった。お姉ちゃんもう少し早く勝ちゃんに逢ってさえいればねぇー……せっかく再会できたのに、言葉を交わすこともなく餓死同様になって、誰を恨んでみたところでどうしようもない、無残な一生だった。友だちになってくれたヒロユキちゃんは、この荒波の世をきっと上手《うま》く渡って行かれることだろう。芯のしっかりした子供さんだから、またそのようになって欲しいと願っているからねヒロユキちゃん……頑張ってね〉

それから時代は移り、時が流れても、しま伯母、『高瀬』のおばさん、聡や数多くの級友たちの消息は、わからずじまいのままである。

朝子にとって、三月十日、東京を離れていたことと、自分の身の周りのあまりにも大勢の人々が亡くなり、行方不明になったことに対して、なす術もなく微力な自分が、後悔となっていまだに重くのし掛かっている。

思い起こせば、この東京での生活では、切り花というものを見たことがなかったように思う。桜の蕾も見たのは最初に東京に出て来た時だけで、咲いた桜は見た記憶がない。その他の花も一切見たことはなかった。

音楽というものも聴いていなかった。あったといえば軍歌だけだった。

空も、雨が降っていれば誰でもわかるが、その他の日々は天気で青空だったのか、曇天だったのかはっきりした記憶がない。晴れた日の夜空には月も出るだろうが、月が出ていたのか、その月がどんな形をしていたのか、記憶にない。それだけこの期間は、空に対する関心が無かった訳ではないだろうが、精神的に、心のゆとりのなかったの一言に尽きる日々の連続だった。

終戦後、何年間か経ってから、沖縄で戦ってきたという、旧日本軍人からこんな話を聞いた。

「昭和二十年七月の末あたりから、食料も満足に無く、敵を迎え撃つにも弾丸も乏しく、穴に入って息を殺していたが、敵の火炎放射器で燻《いぶ》りだされたのでは、堪らなかったでしょう。俺はそのような目には遭遇しなかったけど、敵はいつの間にか、すごい武器を次々と持っていたんだねぇ。沖縄戦では日本はみじめだった。敵が上陸して来ても、日本軍はそれに対抗する武器が殆ど無かったからね。みじめなだけでしたよ。それで女の人たちは、日本軍から護ってもらえないとわかると、自分で判断して自決という方法をとったんだろうね。護ってやりたくとも、何も無かったんだから……。戦車は見せ掛けだけの、木で型どった張りぼてで……お粗末なもので使えやしない代物だった。子供の玩具のようなものでは、本物の戦争には使えやしない。俺たちが使っていた水筒だって、昔の水筒は取り上げられて、鉄砲か何かになってしまったんだろう。それの代わりが竹の筒で作った水筒で、今テレビなどで出てくる時代劇の旅人が持っているような、あんな水筒だったよ。軍の上層部は、何を考えてあんな張りぼてで戦えると思っていたのかね。自分たちが第一線に立って、それらを使ってみたらよかったんだよ。第一、それが使いものにならないと、早く認めていたら、広島や長崎に原子爆弾なんか、投下されずに済んだんだよ。沖縄の女の人たちだって、死なずに済んだんだよ……可哀相だったよ。無駄死にだよ」

思い起こして、涙ながらに話してくれる、この元兵士自身も、体の至る処に傷を受けており、何年経っても悔しそうに拳を握っていた。

「……俺はこうして負傷したので、難を逃れることができたけど、日本はバカな戦争をしたもんだよ。最初から勝つ見込みのないのがわかっていて、軍の上層部の何人かが、日本国民全員を苦しめたんだ。自分たちはうまい物を喰って、兵隊を殺して、民間人まで殺して苦しめて、幹部たちは、机上の空論だけで兵隊に命令すれば、戦争が勝てるとでも、思っていたのかね。そういう奴から先に第一線に立って、戦ってみればよかったんだよ。それもしないで口先だけで勝てると思っていたなんて、バカげたことをしたもんだよ全く。全国の犠牲になった人ばかりでなく、この戦争で家や財産まで無くしてしまった人たちは、気の毒だよなぁー。沖縄だけでも二十万人もの人たちが死んだということだが、誰が責任をとってくれるっていうのか?……誰もいやしない……」

この戦争中に、唯一の地上戦になった沖縄の、貧困な日本の実態を語ってくれた。

また次に掲載する話は、戦前から東京に在住されておられるご婦人だが、出身地は沖縄の方で、ごく最近お付き合いさせて頂いて聞いた話である。

「両親はずーっと沖縄で生活していたが、私たち兄姉の四人は、結婚するとそれぞれ東京で仕事もあったので、そのまま東京で生活していた。が、戦争が激しくなって、初めての地上戦が沖縄だったので、両親を本州に連れて来たくとも、その当時は民間の飛行機など無かった。頼りは船だけだったが、戦時中に船も定期的に運航しているわけでなく、運よく船に乗れたにしても、行くだけでも何日間もの日数を要し、とても両親の救出には行かれなかった。たった一隻の船も手配することができなかった。戦後になってから、すぐ沖縄に行ってみたが、家はそのままだったが住む人の姿も見当らない。沖縄中の隅々まで捜したが、両親の姿どころか、玉砕した日時も場所も不明で見付けることができなかった。

兄弟姉妹は、何と親不孝なことをしたと、悔やんでも悔やみ切れない。お骨さえも拾ってやれなかったんですからねぇ。

日本は過去に日清、日露の両戦争で勝利を味わったので、この太平洋戦争でも勝てると思ったのだろうかねぇ……。それが無条件降伏なんてねぇ。敗けてから目を醒ましても、取り返しがつかないですよねぇ」

と涙して話してくれた。

日本全国の津々浦々まで、多大な影響を及ぼしたこの戦争は、無条件降伏という惨敗の形で終焉《しゅうえん》した。

何を目的に、この戦争が始まったのか、私たちには、最後まで誰からも真実は聞かされず、何一つとして伝わっては来なかった。

ただ人間のあさはかさ、おろかさを感じざるを得ないような戦争だった気がする。

この戦争で日本が惨敗したからこそ、今日の平和があると思う。

それが反対に勝利であったら、あの当時の日本軍国主義が益々拡大、増長して、別の国を相手に、次々に戦争が続いていたことと想像される。

昭和二十年。敗戦後しばらく経って、アメリカのマッカーサー元帥が日本にやって来た。新聞の写真に載っていた元帥の、コーンパイプを銜《くわ》えて飛行機のタラップから降りてくる格好よい姿を見て朝子は思った。

〈外国人って、足が長くて格好いいなぁー。それに軍隊でもパイプを銜えている。やっぱり自由の国なんだなぁー。戦時中の日本の軍隊だったらタバコを銜えて大衆の前に出たら、さぞかし懲罰問題になっただろうに……軍服も格好いいけど、昨日まで敵だったアメリカ軍人を見て、いくら日本が戦いに敗れたといっても、敵愾心《てきがいしん》がないのはどうしてだろう?……むしろ好意が持てるのは、私だけではないだろう〉

それからまたしばらく経って、アメリカの食料が日本に入って来るようになり、アメリカの軍人家族も日本にキャンプを設けて駐留するようになり、日本の小学校生徒たちの給食に、アメリカの好意で脱脂粉乳が配られるようになって、それまで食糧難にあえいでいた、子供たちの発育に多大の影響がみられるようになった。

街にはGIたちがジープで走り回り、日本の子供たちは片言の憶えたての英語を使って、チューインガム欲しさにジープを大勢で取り囲み、「ギブミーチューインガム」とか「ギブミーキャンディ」と、それぞれ手を出してねだっている姿が見られた。中にはろくに英語の意味も知らずに、横文字さえ使えば通じるものと思っていたのか、GIに向かって男の子が「アイラブユー」などと盛んに手を出してねだっていた。言われたGIも苦笑しながら、板チョコをあげたりしていた。

甘いものに飢えていた日本の子供たちは、ジープを見ると駆け寄って、物をねだるようになっていた。

〔終戦後になってから、日本人の体格が向上したことと、衣料品が徐々にではあるがLサイズなども出回って、品数も増えたことは言うまでもないが、その反面、生活苦からアメリカ軍人を相手に春を売る女性も増え、同棲生活をする女性も出て、混血児を生んだ人もいるように、純粋の血統を重んじていた日本が変化していった〕

昭和二十一年、日本の女性の地位向上のために、加藤シズ江さんが、日本で初めて国会議員に当選した。

朝子が東京の伯母宅に上京する際に、父親信太郎が「これがらの女子《おなご》も、教育が必要な時代になるがもしんないがら……」と言っていた通り、『日本の女性も賢くなった』『男性と同等に肩を並べて活躍する時代』に代わって行く前兆である。女性の進出を応援してくれて、数々の功績を残して、加藤シズ江さんも平成十四年春、百四歳の長寿を全うした。

日本女性のために、初めて選挙権を獲得してくれた偉大な女性。その他にも世界各国よりも遅れていた日本女性の男尊女卑の風習を打開して、しいたげられて馬車馬の如くにしか扱われてなかった女性の、目を醒まさせてくれた加藤シズ江さんに、「有りがとうございました。お疲れさまでした」と感謝を申し上げたい。

アメリカ人が進駐してから、初めて日本に絹のストッキングを手にし、ハイヒールなどというものを履いてダンスホールにも通った。

食料の缶詰なども初めて食べ、その空缶は子供たちの遊びの『缶蹴り』に使われた。『戦後強くなったのは、女性と靴下』などの皮肉な言葉が生まれたが、欧米と肩を並べられる国に、良い方向に転じたのだから、喜ぶべきではないかと思う。

戦中・戦後の看護婦の服装と食糧事情

海軍の病院らしく、病棟の廊下を船にたとえて甲板といい、朝の起床時には『起床五分前』の放送が入り、掃除の時間が迫って来ると『甲板掃除五分前』の放送が入る。廊下に整列するにも『廊下に整列五分前』の号令の放送が入る。

食事前になると『食事五分前』であった。

患者さんの中の甲板長（病棟長）は常に、〝精神入れ替え棒〟の字が彫ってある棒を持ち歩き、一人の患者さんでも規則を乱したり、反則をおかした人がいれば、病棟全体の責任となり、重傷者を除いて『全員甲板に整列』の号令とともに、精神入れ替え棒で、罰が下されることになる。

夏の看護婦の準夜勤の仕事の中に、患者さんの病棟の蚊帳吊り、冬はヤカンで湯を沸かして、一人一人に湯タンポを作り配る。

蚊帳を吊って回る時は、〈幼かった頃に、このようにして毎年蚊帳を吊ったっけぇなぁ〉と懐かしく思い出しながら行なっていた。どんなところでも小さかった時に躾られたことは、役に立つものと、苦にもならなかった。

これらは、敗戦と同時に姿を消す結果となった。午後八時に行なわれていた寄宿舎の点呼も同時に廃止になった。

一つの世界が消滅して、新たな世界が生まれたような、がらりと百八十度大転換の面持ちの日本国になった。がそれは精神的な面だけであって、食料も配給制度が続いて、衣服も医療品も総てが、益々悪化していくのが目に見えて、ひどくなっていくばかり。


寄宿舎で就寝すると、朝になって殆どの同室者たちは、体のあちこちが虫に喰われ、腫れて非常に痒くてたまらない。ボリボリ体を掻いている者ばかりの毎朝だった。

「今日も、あなたも喰われたのね。私もよ」

「そうなのよ。ここところ二カ処もよ」

「何か虫がいるんだよね、きっとねぇ」

などと話をしていると、同室の上級生が、「南京虫がいるんだよ」と言う。

「えっ……南京虫ですかぁー、南京虫ってどんな虫ですかぁ？」

「そうねぇ、四ミリくらいか五ミリくらいだろうか、少し赤みがかっていて、このような古い家の柱の割れている隙間に巣を作っていて、日中は隠れているけど、夜になると出てくるんだって。……そして人の血を吸うのよね。今夜蚊帳を吊ったら、しばらく電気をつけっ放しにしておくと、蚊帳を伝って走ってるのが、見つかるかもしれないよ」

「じゃぁ今晩、電気つけておいて見ていいですか？」

「いいんじゃぁないのぉ……それであなた方が納得できればね」

「じゃ今晩、早速みんなで見てみない？」

「そうね、南京虫ってどんな形してるのか、見てみたいよね」

「そうして見て、みましょうよ」

話が決まって、勤務が終えた夕方になって、それぞれ布団を敷いて蚊帳を張り、眠くなるのを我慢して起きていると、「ほら出て来たよ、あそこ、あそこよ」と上級生の指差す声に、四人揃って飛び起きて見ると、五ミリくらいの赤黒い平べったい形をした物体が動いている。素早い歩きだ。

「これが人間の血を吸うと、太ってコロコロした体になるのよ」

「えーっ、私たちの血を吸って生きてるのぉ」

「いやだぁー気味悪いー」

「退治する方法は無いんですかぁ？」

「一匹一匹捕まえて、潰すきりないんでないの」

「いやだー、益々気味悪くなったぁー」

吸血鬼の南京虫に悩まされていたが、これも敗戦後、進駐軍が日本に来てから、しばらくしてDDTという化学薬品を撒布されて解消した。

小・中学校の子供たちも、頭や衣服までＤＤＴを撒布されて、真っ白になっている姿の新聞での写真を見て、

〈これで、各家庭のノミやシラミもいなくなれば、不愉快な生活から解放されるだろう。だけどアメリカという国は、軍事兵器ばかりでなく、このような化学薬品まで、すばらしい物を何年も前から作ってあったんだぁ。このように発達している国と戦って、敗けるはずだわぁ〉

今までの日本国内では、見たことも無かった珍しいものばかりに驚愕することが多かった。

長野県の寒さは早かった。今日では想像もできないような、当時の看護婦の服装は、白衣やキャップは一枚ずつの支給があったが、洗濯すると代わりが無い。支給されていなかったので靴下も無く、履物に至っては草鞋《わらじ》か、草履《ぞうり》の私物を工面しなければならなかった。今思えば、みじめな格好であった。

外出する時は、紺色の制服に同色のキャップ、それに編み上げ靴が支給されてあったが、ユニフォームである白衣を着ると、靴が無かった。素足に草履を履いて、甲板掃除五分前の放送が入ると、冷たい水で雑巾を絞り、それを手にして尻をさか立てて、甲板の端から端まで雑巾掛けをする。これが一年生の朝の仕事だった。これは終戦後になってもしばらく続けられた。

厳冬期になると、甲板を拭いた後を振り返ってみると、拭いた処だけが薄い氷が張っているのに驚いた。歩くにも危険だった。

朝子は二、三歳頃の、左小指の付け根近くの、ひどいしもやけのケロイド状の痕が、この寒さ

のため次第に薄くなっていた皮膚が破れ、しもやけが再発してしまったが、患者さんに用いる薬も不足している時代に、看護婦に治療する薬もガーゼ一枚も無かった。ましてや学生の一年生の身。

敗戦後、二カ月くらい経った頃、この病院に入院している海軍の傷病兵たちは、二名重症患者を残して、それぞれの郷里の旧陸海軍病院に転院、または、家族に引き取られて退院した。空いた病棟には代わりに、一般市民の病・傷人が入院することになった。外来はもちろんのこと、どこの病棟も活気に溢れるようになった。戦時中は、産婦人科の河原先生が出征していたので閉鎖されていたのが、河原先生の帰還によって再開放され、朝子は産婦人科外来に、早速配属替えを命ぜられた。

終戦後しばらく経っても、食料・物資の不足状態は改善されることなく、配給制度が続いており、その事情は益々悪くなるばかりだった。

患者さんはともかくとして、看護婦たちの食事は、細い細いサツマ芋が二本か、たまに三本だったり、家畜の飼料のようなトウモロコシが、わずかばかりの日が続いた。

病院でも苦肉の策だったのだろうか?

昭和二十年十一月も遅くなってから、一年生全員に五日間の休暇をとらせ、郷里に帰らせることになった。

そして病院の提案として、「病院に戻って来る時に、貯蔵できるようなサツマ芋とか、ジャガ芋・カボチャなどの穀物類を持って来てくれるように、またお米だったらなおいい」ということだった。

朝子は、はたと困ってしまった。

〈私の家は農家でもないので、この食料不足の時に、急に家に戻っても朝子の分の配給切符は山形にない。こちらの病院に籍があるのに、その上、穀物類を持参することなど、とてもできない。困ったわぁー〉

「病院の口減らし作戦なんだね、きっと」

同級生たちと話し合いとなった。

「病院だって、困っているんだろうけど、私の家だって農家じゃないし、何も持ってなど来られないわ。あなたは持って来るの？」

「私だって持ってなど来ない。持って来るほど、家にだって無いし、持って来るにしても重いもの……そんなことしない」

「私も持って来ない」

「私だってよ……」

農家出身の人でさえ、そのような同じ意見なので、朝子も安心して帰ることができた。

朝子たち学生は汽車賃も無かった。同級生の殆どが両親に手紙を出し、汽車賃を送ってもらうことになった。

その当時、上野駅で乗り換えて片道百円だった。鈍行の三等車での料金である。もちろん新幹線など無かった時代である。

朝子の左足のしもやけは治ることなく、制服を着て編み上げ靴を履いて、朝早く外来が開く前に一年生全員が廊下に整列し、婦長に挨拶すると郷里に向かって出発した。

上野駅に着くと、山形までの接続列車の時刻までに大分時間があったので、浅草まで足を延ばして行ってみた。

東京の地を踏むことはしばらく振りだった。蔵前一丁目の伯母の家跡はそのままで変わらず、小料理屋『高瀬』の家跡もそのままの状態で、おばさんの姿もその他の人影も無かった。

ところどころにバラックが建てられて、生活している罹災者が多く見られるようになっていた。逞しさが感じられた。

〈みんな頑張ってるんだねぇー〉

伯母から貰った腕時計のお陰で、遅れることなく上野駅に到着し、同級生たちと合流した。同級生たちが朝子の姿を見つけて、

「あんだ、さっきまでいなかったげんど、どごさ《どこかに》行ってたんだがぁー？」

「うん、三月まで住んでいた浅草の家の様子を、見て来たのよ」

「えっ、あんだぁ一人で東京歩けるのぉー」

「あら、私三年間も東京の浅草に住んでたんだもの。歩けるわよ」

「道理で、朝一さんはずーずー弁でないと思ってたんだぁー、そうだったのがぁー」

あまりにも目まぐるしかった、この七カ月間の看護婦生活だったので、私事の話など、ゆっくりできる暇が無かったのだった。

　東北本線の汽車に乗ってからも同級生たちの質問は続いた。

「ね、朝一さん、東京で生活していた時の様子、話して聞かせでぇー」

「そんな、戦争中だったもの、苦しい日ばっかりだったからぁ」

「空襲になんか、遭わなかったのがい？」

「何回も遭ったけど……伯母だけが三月十日の大空襲で行方不明なのよ。その日は、皆も受験の日だったでしょう？　だから私一人だけ東京離れていて無事だったの……だから時々夜勤明けの日も、さっきも伯母捜しに行っていたのよ」

「んだぁー《(そうだ》んだぁー《そうだ)》、三月十日明け方、東京の大空襲があった日だったんだよなぁー。あん時だったのがぁー、そうだったのがぁー」

　同級生も思い起こして、話を続けていた。

「そん時に、伯母さんやられたのがぁー？」

「そうなのよ、まだ見つかってないいんだから……伯父さんもお手伝いさんも捜しているんだけどねぇ」

「へぇ、お手伝いさんもいだの？」

「皮革問屋のお店だったから……」

「問屋さんかぁー、いいなぁー。おれの家みだいな農家と違って、憧れるなぁー。東京も憧れるげんどもなぁー」

「あらぁ、この節《せつ》、農家の人って農作物が自分で作られるから、一番いいんでないの?」

「そうでもないよぉ。泥んこになってぇ地べたに這いつくばって、地面と空ばかりっきり見られないよりも、東京の賑やかな処さ住みだいよなぁー」

汽車の中でしばらく振りに、のんびりとした気分になって、話しをしている処に、五、六人のアメリカの若い進駐軍兵士がドヤドヤと、朝子たちの前を通り掛かった時、日赤制服の胸のブローチとキャップの赤十字の印を見付け、酒に酔っているような格好で、赤十字を指差して、「レッドクロス、レッドクロス、ハッハハハ」と笑っていた。初めて間近に見るアメリカ兵士に、朝子たちは体を硬直させていた。その兵士たちは何事もなく過ぎ去ってくれたので、ほっとして再び話しに戻っていた。

午後四時すぎ、ようやく郷里の駅に着いた。他の同級生たちは、もう少し先まで乗って行くのでここで別れ、朝子は両親・兄姉の待っている生家に着いた。

「ただ今ぁー」

店先から声をかけると、母親が台所から駆けるようにして、「よーぐ帰って来だなぁー、上がれぇー」と出迎えてくれた。朝子は店先に腰をおろして編み上げ靴を脱いだ途端に朝子の左足が見る間に腫れあがり、見ていた母も驚いて、「何したんだぁー《(どうしたの)》その足?……」と、後は言葉にもならない。朝子もまさかこんな足になっているとは思ってもなかったことなので、朝子自身も驚いて言葉もなかった。

〈今朝、この靴を履いた時は、特に痛みも無かったので、そのまま履いて来たんだけど、薬もなく治療されなかった足は、一日中靴の中で蒸れて、栄養状態も良くないので、黴菌が入って化膿してしまったんだなぁー〉

まるで別人の足のようになってしまった。姉の衣服を借りて制服を着替えると、化膿した足を風呂場で洗い、家に在った置き薬の軟膏をつけた。ガーゼも洗い古しのものだったが、無いよりましだった。自分で治療をしながら、「あれ、ばぁちゃんは?」「ばぁちゃんなれぇー《(はなぁー)》、八月の終戦少し前に、亡くなったんだぁー。お前にも知らせながったげんども、あの頃は世の中ばかりでなぐ、家の中も忙しかったんでぇ、葬式も簡単にしてしまったんだぁー……市(長兄)の子供が生まれるし、てんてこ舞でなぁー」

「んでもばぁちゃん、曾孫まで見られて、母ちゃんとずーと一緒で良かったなぁー。東京の伯母(祖母の長女)ちゃんのほうが、あんなことになってしまって、まだ見つかってないし、ばぁちゃんも心配してたんでないのぉー」

「んだなぁー《(そうだね)》、んでもばぁちゃん、いぐら心配しても捜しにまでは行がれないって、涙拭いていだっけよー……」

母もそう言って鼻をすすり上げていた。

「……んだげんどぉー《(そうだけれども)》、お前のその足、小っちゃい時みだいになってぇー……」

母も私のこのしもやけを記憶していた。

「……病院さいでぇー《いって》、薬もつけでもらえながったのがぁー?」

「私たちに付ける薬も無いんだよ、いくら病院でもぉ」

「何だってぇーこだいに《こんなに》なるまでぇー何も薬付けでもらえながったのがぁー、痛がたべぇにぃー」

「今朝までは、痛くなかったんだぁー」

朝子は改めて仏壇に手を合わせ、祖母の冥福を祈った。

痛みが伴って、歩くこともままならない状態になってしまった。

夕方遅くなって父も長男の市太郎も仕事を終えて戻って来た。姉の喜美子も朝子を見付けると、

「おぉー帰ってたのがぁー。何したんだぁー《どうしたの》その足?」

訳を話し、病院での生徒としての話にまでなり、長話になってしまい、母も「晩ご飯、喰ってがら話せぇー」と言ってくれた。

「そうだなぁー、それで母ちゃん、私こんな足になってしまって、五日後になっても長野さ戻れそうにないんだげんどぉー」

「そん時には、母ちゃんが手紙でも書いてやっからぁ、心配ないがらぁなぁー」

「そうしてもらうがなぁ」

この田舎の生家でも、ご飯の中に〝糧《かて》〟の入ったものを食べていた。どこも食料不足だった。

朝子の家では普段から麦飯は食べていたので〝糧ご飯〟の中に豆やサツマ芋・ジャガ芋がサイノ目に切って入っている時は、特に〝糧ご飯〟という感覚はなく美味しく食べたが、茶がらや野

の草を摘んできて、ご飯粒より茶がらや野の草が多く入っている時は、この様なご飯を〝糧ご飯〟というのだな、とボソボソした〝糧ご飯〟でも、他に食べる物が無かったので、食べなければならなかった。

「明日、近くの外科病院さ、行ってみるがなぁー」

と言うと、傍から姉が、

「小学校近くの、矢口病院さ行ってみだらいい。あそごは上手だがらぁ」

市兄の子供が、兄嫁のあき子さんに抱っこされて、二階から降りて来た。子供は、〈この人、誰なんだぁー〉と言いたそうな顔をして朝子を見ている。抱いて来た兄嫁は、

「朝ちゃんしばらくだったなぁ。子供が生まれて、靖《やすし》って言うんだぁ。これ靖、叔母ちゃんだよ、おいでなんしょって言うんだよ」

「靖君か？　今晩はー」

朝子が声をかけると、靖は兄嫁にすがりついてしまい、兄嫁も朝子の足を見付けて、「何したのぉーその足？」と誰からも同じように聴かれてしまう。同じ説明をする。

布団の中に入っても、朝子の足はズキンズキンと、化膿しているのがわかる。まるで自分の心臓の鼓動のように聞こえてくる。眠りにつくことができないまでに、傷口がうずいていた。

翌朝、兄の自転車の後の荷台に乗せてもらい、朝子は矢口病院で受診した。診察した医師は、

「こんなになるまで何も治療しなかったのか？　こんなにひどいしもやけ見たことないぞぉー」

と言いながら、ゾンデで傷口を探ってみたら、足底の第三指と第四指の間まで、化膿菌は貫通

して深くなっていた。

「なんてこったい、この傷は？……」

医師もあきれるばかりになっていた。昨夜眠れなかったわけがわかった。

「この足の腫れ具合からして、大分前からだったんだろう？」

「はい、ここよりまだ寒い処にいて、靴下も何もないんで、いつも裸足でいたもんですからぁ」

「このご時世では、靴下一足買えないから、まぁ仕方ないと言うべきなのかぁ」

それでも何とか軟膏を塗ってもらい、ガーゼの新しいのと少々の包帯を巻いてもらえたが、化膿止めの薬の処方はなかった。

二、三日して、どうにか自力で歩けるまでに快復したが、腫れが引かない限り、編み上げ靴が履けないので、長野に戻ることができなかった。母に手紙を書いてもらう。
「便箋に書いたがら、表書きの住所は、おまえが書けなぁ」

それを母が投函してくれて朝子は一安心したが、特に何をする仕事もなく、一週間もこんな具合でいると退屈で仕方なかった。

〈足がこんなでなかったら、東京に行って、伯母捜しでもしたいところだけど……同級生たちから勉強も遅れてしまうし、どうしたらいいかなぁー。この腫れているの、早く引いてくれないかなぁー……明日戻ろう〉

休暇で郷里に来てから十日になってしまった。母に話をし、その翌朝、男物のゴム長靴を履いて、姉に駅まで送られて、駅構内で編み上げ靴に履き替えたが、左足の靴紐は絞めることができなかった。

そのままで汽車に乗って、病院まで着いた。最初に婦長に挨拶すると、「どうですか傷の具合は？」と聞かれた。

「靴もやっと入るようになりましたので、戻って参りましたが、まだ治療が必要だと田舎の先生が言ってましたので……」

「外科の中田先生が、今日当直でおりますから、一応診察してもらいましょうか？」

「はい、お願いします」

完全な状態で歩くことができないので、壁に手をかけて伝い歩きで、婦長の後からついて行くと、講師でもある中田先生が外来におられ、婦長からの説明で早速診察してくれた。

ゾンデで傷口を探り、足底まで貫通しているのを診て、婦長も目を反らしていた。

「何だぁー、こんなに深くなってるぞぉー。これじゃぁ歩けなかっただろう？　いつからこんなになってたんだぁー？」

「はい、大分前からだったんですが、このように腫れてから十日になります。それで田舎の外科病院で治療してもらってました」

この病院で、初めてこんなにひどかったということが認められて、軟膏もガーゼも包帯も使っての、治療をしてもらうことができた。

同室の同級生たちは、皆揃って朝子の戻って来たのを見て、「あらっ、朝一さん、足良くなったのぉー、大変だったのねぇー」と迎えられ、朝子も、「ただ今、ようやっと戻って来ました」と挨拶した。

内服薬は、この病院でも処方されなかったが、痛みが大分軽くなったので、翌日から勉強の遅れを取り戻すために講義にも出て、実地教育の受け持ち外来にも出るようにした。

講義の休憩時間に同級生たちと、隣接している、かつての戦時中の勉強部屋でもあった標本室に行ってみた。

「最初は、この標本が気持ち悪かったけど、今こうして見ると、懐かしいし、このビンの中の子供たち、この中に入れられてから、もう何年になっているんだろうねぇ。世の中に出られなかったんだね」

「この子供たち、戦争も知らなかったんで、その点だけは幸せだったのかねぇー」

「この子たち、今生きていれば、いくつになってたのかねぇ、可哀相にねぇ」

もう用事でもない限り、この標本室には来ることもないだろう。標本になっている子供や、片足・片手だけの標本に、心の中で、〈さようなら〉をし、再び講義を受け、午後からの外来勤務に出た。朝子の足はまだ治療は必要だったが、立ち仕事には影響がないほどに快方に向かっていた。

しばらく経ってから、母親からの手紙で、『倉次も、清司も次々に無事帰還した。おまえの足はどうなったか？』と心配していた。

朝子も早速手紙で、『私の足もよくなっている、ここの病院で治療をしてもらっているので、心配はありません。だけど靴下もないし、まだまだ寒いので用心してます』という旨の返事を出した。

戦後になってから、勤務移動になっても、生徒全員が廊下に並んでの申告もなくなって、朝子は順調に産婦人科勤務を続けていた。二年生になってしばらく経った頃、一人の北支那方面からの引き揚げ者が、大きなお腹をして受診に見えた。

四、五歳になる女の子を連れていた。この母親の髪の毛が男性のように短く刈ってあり、〈どう見ても、母親と娘なんだけど、どうして髪の毛、坊主みたいにしているのかなぁ〉と思っていたら、先生に聞かれて、その人が答えていた。

「いくら男みたいに変装しても、外国の人からでも子供を連れていたし、女だってこと、すぐ悟られてしまって、無理矢理に強姦されてしまって、腹に子供ができてしまったんだぁー。こんな外国の人の子供ば、腹に入れたまま夫の実家には戻れないんで、先生、始末して下さい。お願いします。先生、もう九カ月くらいになっているんです。お願いします」

何遍も何遍も頭を下げて頼んでいた。

「それでこのことは、ご主人は知っているんですか？」

「いいえ、夫はだいぶ前に応召されてから、どこに行っているのかさえ、連絡も無くなってわからないんです。娘と二人だけで何とかここまで帰って来たんですー。先生お願いします、姑さんから何と言われるかぁ、こんな腹になってぇ」

「子供が腹の中で、大分大きくなっているから、腹を切って、子供を取り出さなければならないが、その前に、輸血が必要なので、血液型は何ですか？」

「あー、先生有りがとうございます。私の血液型はO型なんです。あぁ有りがたい……」

手を合わせんばかりにして、涙を流し喜び、医師を拝んでいた。

「一応この病院でも血液型を調べるが、看護婦さんの中に、同じ血液型の人がいればいいんだけどなぁ」

河原医師が言ったのを朝子は耳にして、〈あらっ、私と同じ型だぁ……。もしも他に同じ型の看護婦がいなかったら……外国人の子供なんて気の毒だから、私で役に立つのなら……〉と思って聞いていた。

産婦人科勤務の看護婦の血液型の検査が行なわれた。妊婦も検査を受けていた。やはり朝子以外の看護婦は、誰一人としてこの妊婦と一致する者はいなかった。

翌日、この妊婦は帝王切開で、子供を堕胎することに決定した。

翌朝、午前中に朝子がこの妊婦の病室に呼ばれ、輸血のための血液二百ccが採取されると、妊婦は、「どの看護婦さんなのか、顔を拝ませて下さい。有りがとうございます」と手を合わせていた。朝子から採取された血液はその場で、妊婦に輸血された。

（この当時、保存血液などは無かった。ましてや引き揚げ者で、他人を募集しての輸血も金が掛かるので、金の掛からない身近な人間で行なうことしかできなかった）

午後一時、手術が開始された。

手術の時はいつも朝子が、器械採りを命じられており、この日もこの妊婦の手術の器械採りを務めた。今日は不思議と左足の痛みは無かった。

取り出された赤ちゃんは、外国人の肌色をして、髪の毛も薄い茶色をした、きれいな成熟した赤ちゃんだった。

〈これで忌まわしい戦争のための子供が、ヤミに葬られたわけだが、これがあと一カ月くらい遅く引き揚げて来て、この子供が生まれていたら、この親娘《おやこ》は、どのように外国の赤ちゃんを扱ったのだろうか？〉

その後、この妊婦も順調に快復して、十日も経ってから娘さんを連れて、無事退院することができ、姑さんに気兼ねなく戻ることができた。

春に近付くと、朝子の足のしもやけは、すっかり良くなっていた。

病院の寄宿舎の掲示板に、

《〇月〇日、東京日赤本社病院は、聖路加病院に接収されるため、現在の二年生全員は、各病院に分散されることになった。この病院にも十名の、二年生が転院する》と書いてあり、その後に、転院して来る生徒一人一人の名前があって、その中の一人に山内コトの名前があった。東京日赤本社で初めて受験した時に、朝子の次の番号だった山内コトだった。

その日が来て、東京本社の十名の二年生が、病院の正面玄関より整列して入って来た。

その中の一人山内コトに、

「山内コトさんでしょう？」と朝子が声を掛けると、

「はい、そうですがどなたでしょうか？」と聞いてきた。朝子がこの病院にいることは知らなかったので、無理もなかった。

「ほら、東京本社で一緒に受験して、隣同士だった朝一です」

「あらぁー、あんたぁー、ここにいたのぉー」

「うん、そうなのよ。今度はずーっと一緒にいられるね。よろしくね」

「こちらこそよろしくぅ」

山内コトが、この病院に来てから約二週間が過ぎて、病院の内部や仕事のこともすっかり慣れた頃に、夕食時に食堂で顔を合わせた。

「どうですか、この病院の感想は？」

「うん、どこに住むのも同じだから、別にどうといったこともないし、看護婦の仕事や講義は、どこでも同じようだし、ただ、寒いんでしょう、こっちは……」

「そうね、寒いのが一番困ることかなぁ。私なんか足のしもやけが、やっと治ったばかりなのよ。それまで治療もしてもらえなかったから、治るまでだいぶ日にちが掛かってしまったのよ」

「そうなんだぁー。それよりもあなた、明日の勤務は何？……」

「私、明日は休みになっているけど」

「そう、何か予定でもあるの？」

「予定は、そうね、しばらく振りで、東京に出て、伯母捜しでもしようかなぁー」

「そう、私も東京の姉のところに行ってみようかと思ってたのよ。一緒に行きましょうね」


翌朝、制服を着て身仕度を早々に済ませ、朝食を食べ終わるとすぐに、山内コトと汽車に乗って上野駅に着いた。

上野駅から二人で歩いて、浅草蔵前一丁目まで来てみたが、伯母の家の跡地には特に変わった様子がない。ついでに『高瀬』の跡地にも寄ったが、移転先を示す立て札もなく、人影もなかった。


方々に真新しい材木で、バラックを建てて住んでいる逞しい家族も増えている。

「親戚の家に厄介になっているよりは、どんなに小さくとも、やっぱり自分の家が一番なんだろうね」

「そうなんだよね。私の姉なんかもやっぱり、バラックを建てて住んでいるんだけど、これから姉のところに一緒に行ってみましょう」

「うん、いいよ。だけどもう一軒、寄りたいところがあるんだけど、そんなに遠くないところだから、いいかしら？」

「いいよ。行ってみましょう」

浅草雷門を右に入った小路をしばらく行って、秀代おばの家の跡地まで来たが、ここにも秀代おばの姿はなく、移転先を示す立て札もなかった。秀代おばが話してくれた、命を救けてもらった防空壕だけが、大きな穴になったままになって残っていた。

「おばさんもいないわー」

近所に余所の家のバラックはあっても、誰も自分以外の者の所在などは、無関係といった感じの、その当時の人間の心理状態だった。今現在をどのようにして生きていくか、それだけで精一杯の状態に、追い詰められた感じのようだった。

浅草寺は直撃弾を受けず、類焼も免れて、昔の姿のままで建っていた。

「ご免ね、ここまで連れて来てしまったけど、今日も空振りだわ。伯父さんは滝野川でお静さんがついているから、大丈夫でしょうから行きましょうか。どうも有りがとう」

電車に乗って、山内コトの姉の住んでいる、仮住まいまで来ると、コトの姉が、これから洗濯をしようとしていたところで、真新しいブリキの金ダライを持ち出して、表に出て来た。

「お姉さん」

山内コトが声を掛けると、

「あらコトちゃんか、よく来たね。お友達も一緒だね」

「うん、朝一さんといって、東京から知っていた人が、長野の病院でまた逢って、一緒に仕事や勉強しているんだよ」

「こんにちは、朝一です」

朝子が挨拶すると、「まぁまぁよく来られたなぁ、こんなところだけど上がって……」と通された。一間だけのバラックで、所帯道具も少なかったが、一応のものは揃えてあった。

「もうお昼だから、サケの缶詰で、炒めご飯でもしようかぁ、ねぇコトちゃん？」

「でもお姉さん、大切な缶詰なんでしょう、私たちのために使っていいの？」

「折角、コトちゃんたちが来てくれたんだから、こんな時に使わなきゃぁ。また手に入るでしょうから」

「どこからか、手に入れるところがあるの？」

「それは内緒よ。誰にも教えられないのよ」

コトの姉は手際よく台所で、フライパンで冷たいご飯を炒めると、サケの缶詰を開け、出来た炒めご飯を二人分、目の前に出されると、朝子は感激してしまい、

「うわー炒めご飯っていい匂いがするんですねぇー……私の家なんかでは、兄弟が大勢いたんで、母から炒めご飯は作ってもらえなかったですから、初めてです」

「あらそうでしたか、いっぱい食べてと言いたいところだけど、これで精一杯なんで、我慢してね」

「有りがとうございます。ご馳走になります。いただきます」

「朝一さんって案外、礼儀正しいのね」

「そうですかぁ、こんなの普通ではないですかぁ。サケの匂いなんですね、このいい匂いは……美味しいですー、病院のご飯と違って美味しいですねぇー」

「ほんと、しばらく振りで、こんなに美味しいご飯、本当に美味しい」

「私の母は、やっぱり明治生まれだから、こんなにハイカラな炒めご飯なんて、知らないんだから、作れなかったのよね、きっと」

傍から山内コトの姉が、

「コトちゃん、今度行った病院どうなの？」

「うん、朝一さんが偶然いてくれたんで、心強いから大丈夫だよ」

「そう、良かったわねぇ」

「ねぇ山内さん。私、東京本社で山内さんと一緒に、合格していたとしても、今回の転院で、もしかしたら別々になっていた可能性って、あったかしらねぇ」

「もしもそうだったら、その可能性あったでしょうね。何しろ五十人を五カ所に分けられたんだからねぇ」

「じゃ、何も私、東京本社で合格してなくってもよかったんだぁー。私、不合格になってうーんと悔しかったのよぉー」

「でもこうして、長野で一緒になれたのも、終戦のお陰ねフッフフフフフ」

「そうなのよねぇフフフフフ」

山内コトと再会して、初めてこんなにも話をする機会ができて、一緒に外出できて良かった。コトの姉にお礼を言うと、「またいらしてね。コトちゃんをよろしく、お願いしますね」と言ってくれた。

翌日の講義も、外来勤務も無事にこなし、卒業の日まで大きな問題もなく過ごし、いよいよ卒業も迫って、卒業試験を済ませた翌日に、保健婦の試験が行なわれた。

保健婦の試験ということは、事前に何の話もなかっただけに、不意をつかれた話だったが、〈保健婦の資格も持てば、何か良いこともあるだろうから〉くらいの安易な気持ちで試験を受けた。が、全員が不合格となって、看護婦だけの資格を取得して卒業式となった。

卒業式にはアメリカのご婦人（日赤に関係しておられる方）も参加されて、卒業証書と看護婦の国家試験合格証書を持って、荷物と一緒に生家のある山形に戻った。

〈自分が目的を持って、従軍看護婦に志願して、こうして資格を得たが、資格を得ても敗戦によって目的を断ち切られたようになってしまい、また一からの出直しをしなければならないような、でも、看護婦の資格が残ったのだから、これを生かす方法にもっていかなければならないが、生かす方法とは？……〉

しばらくの間は、放心状態になって、同じことを何回も何回も、堂々巡りのように、考えを巡らせて過ごしていた。

何カ月もこのような状態が続いていた。

日赤看護婦生徒時代の同級生にも逢って、近況報告をした。同級生たちの中には保健婦資格取得のために、猛勉強中という人もおり、看護婦として病院勤務をして資格を活用している人もいた。

〈私、あの当時の気持ちを切り離して、今の世の中に合わせていくようにしなければ、いつまでも昔の目的ばかりを追い掛けていては……。現実を見つめて、新たな目的を持って、何とか努力しなければ……〉

そんなふうに気持ちを切り替えて、快復するまでに、約一年を無為に費やしてしまった。

翌日から、あらゆる病院に面接を申し込んだ。個人の安田病院だったが、外科外来に採用され、即勤務ということで、その翌日から勤務することになった。

医療器具は日本全国変わりなく、器具の呼称も変わらないので仕事はやりやすかった。手術の時の消毒方法や、手順も思っていたより共通性が多く、勤務には差し支えなかった。同僚とも馴染み、気持ちよい勤務が続いた。

〈何でもっと早く、このような気持ちに切り替えられなかったのだろう？　自分で自分がどうかしていたことに、なぜもっと早く気が付かなかったのだろう？〉

朝子は自分が未熟だったことに気が付いて、自分が情けなかった。

昭和二十五年になった。朝子は約一年、安田外科病院に勤務を続けてきたが、三月に入って間もなく同僚の渡部看護婦から声をかけられた。

「あなたに相談があるから、今日勤務明けたら付き合ってもらえない？　それとも何か他に用事でもある？」

「えっ、私に相談って何かしら……もしかして渡部さんの縁談の話かしら？」

渡部看護婦は、朝子より三歳年上の先輩だったが、独身だった。

「そんなんじゃないよぉー。後でゆっくり話そう」

「ええ、いいですよ」

白衣のユニフォームから私服に着替えると、朝子は渡部先輩と連れだって外に出た。

街は東京と比較すると遥かに穏やかだが、どこか寂しく活気がない。東京も戦時中に爆撃を受けた処は、物資の不足でまだまだ復旧の見通しがたたず、焼け野原が多かったが、それからすれば、この田舎街の静寂さは、むしろ心落ち着く歓迎されるべき土地だろう。が、朝子は東京で過ごした三年間が忘れ難く、両親や兄弟たちと生活できることには不満はなかったが、いつも心は東京にあった。

病院から程なく歩いた処に、屋台のラーメン店があった。

「ねぇ朝一さん、こんな処でいい？」

「私構わないです。屋台って私初めてだから」

「えっ、あなた屋台で食べたことないの？」

「うん、今まで入ったことなかったんです」

「じゃぁ今日は朝一さんの、初めての体験の屋台ってなるわけねフッフフフフ」

「そういうことになりますね。何でも最初っていうものがあるんだから、今日は屋台の記念日ねフフフフフ」

屋台の椅子に二人揃って腰をおろすと、屋台のおじさんは愛想よく、「へぇ、らっしゃい」と注文を聞く。

「おじさんラーメン二つ下さい」

「へーぃ」

「渡部さん、こういう処、慣れているのね」

「慣れているっていう程ではないけど、たまに来る程度よ」

待つ間もなくラーメンが出てきた。

「ねぇ朝一さん、今の病院どう思う?」

「どうって言われても、私、養成所出てから初めて勤めた病院なので、こんなものかなぁって思っているだけで、東京が復旧したら、東京に出たいという望みは持っているのよ」

「あらぁ、朝一さんは東京の人だっけぇ?」

「いえいえ私この土地の人間ですよ。両親と兄姉と一緒に住んでるのよ。ただ東京の伯母の家から女学校に三年間通っていたけど、終戦の年の三月に、東京日赤本社のテストに落ちて、この郷里ですぐに、日赤山形支部のテストを受けたら、合格したんだけど、この地に養成所が無かったんで、長野支部に回されたんです」

「あらそうだったのぉ、道理で言葉がきれいだとは思っていたんだぁー。それで東京にはいずれは行きたい考えなのね？」

「そうですねぇ、両親もこっちに住んでいるけど、私、どういうわけか、出来れば東京で働きたいのよね。伯母を捜すこともあるけど」

「そうなんだぁ、朝一さんの身の上話なんて初めて聞いたけど……それで東京の伯母さんのところに、また戻りたいのね」

「いいえ、伯母は三月十日の大空襲の日から行方不明なので、家も焼失してしまったし、いまだに捜し続けているのよ……。伯父さんとその弟さんと、お手伝いのお静さんとでね。私も以前にはよく行っていたんだけど、こうして勤めたんで、お静さんとの文通で伯母の情報が入ってくるけど、もう半分以上はあきらめたようなことだったわ」

「何あきらめたって、三月十日の空襲で死んだということ？」

「あの日の空襲で、二十万人もの人々が亡くなったり行方不明になっているんだもの。伯母一人だけでなくって、だからラジオでいまだに行方捜しの放送をしているでしょう。伯父さんたちは仕事も満足にできないで捜し続けて、それでも見つからないんだから、もう五年も経っていることだしね。仕方ないんでしょうねぇ。皆も疲れてしまってるのよ」

「それじゃぁ朝一さんは、東京のどこに行きたいの？」

「どこってないけど、まだ気持ちがはっきり決まった訳ではないけど、もしかして東京のどこかの病院で募集していて、寮があったらいいなぁーと考えているだけよ。今すぐどうのってことはないのよ」

「あーそぉー。ね朝一さん、今日話ってのはね、私仙台に行こうかと思ってるの……。仙台の救急指定病院に、私の先輩が勤めているのよね、忙しいんだって……募集もしているんだけど、手伝ってくれないかって、手紙貰ったんだけど、そこは個人の病院だけど繁盛しているらしいの。できたら誰かと一緒に行かれたらいいなぁーと考えてたのよ。朝一さんに白羽の矢が立ったみたいで悪いんだけど、他にいい人いないし、それに東京でなく仙台なんだけど、どうかしら……それに寮が無くて、どこかの家に間借りするようになるんだけど、その先輩ももしも来られるのなら、部屋を探しておくからって、言ってくれてるのよ」

「仙台かぁ、東京に一歩近くなるよね、ここよりは……でも両親に相談してみないと、今すぐ返事できないけど……」

「そりゃぁそうでしょうよ。気持ちが決まったら、他の看護婦たちには内緒で知らせてね」

「うんわかった。今日はどうもご馳走さまでした」

「悪かったわね、でも話聞いてくれて、私のほうこそ有りがとう。朝一さんの話も聞かれたし、良かったわ。気を付けてね。また明日ね」

「はい、有りがとうございました。お休みなさい」

「お休みなさーい」

家に戻った朝子は、布団に潜ってからも考えた。

〈渡部先輩も、仙台に行こうか、どうしようか悩んでいるようだ。私は親のことは兄姉がいるので心配ないので身軽だけど……、次兄の倉次も、三男の清司も結婚して、別所帯を持って出たし、姉も他所に嫁いで行ってしまったので、昔のような大人数ではなくなったが、これで私一人がいなくなっても、長兄にはこれからも子供が増えることでもあるし、他所に出るチャンスかもしれない。明日両親に相談してみよう〉

朝子は、そうと気持ちが決まったら心地よい眠りについた。

翌日、日勤を終えて家に戻ると、朝子はすぐ両親に相談してみた。母親すみは、

「仙台なら近いんでないがぁー。なして今の病院では駄目なのがぁー？」と言う。

「駄目っていうわけではないんだけども、先輩の友だちから誘われたんで、私も行きたいから……いい？」

傍から父親が、

「お前さえ良《え》がったら、いいんだげんども、給料だけで生活して行かれるんだがぁー。部屋まで借りだりしだら、やって行かれんのがぁー？」

「給料のことまでは、まだ仙台に行って採用になってからでないと、決まらないことなんで、何とも言えないんだけど……、行ってもいいかどうかだけでも言ってぇー」

「生活がきちんとできるんだったら、いいんでないがい？」

「じゃぁ明日先輩とも、また話し合ってみるけど、行くと決めていいよね？」

「………」

「………」

両親のいい返事は無かったが、朝子は一人で〈行く〉方向に気持ちが傾いていた。

〈仙台に行くことは、もし採用になれば、親や兄姉にとってどのような結果になるかは、計り知れない。親不孝になるかもわからないが、仙台に行きたい、許して欲しい……〉

翌日、職場である病院で渡部先輩に会うと、

「採用になるかどうかもわからないけど、面接に行く時に、一緒させて下さい」

渡部先輩も喜んで、

「行きましょうよ。そうねどちらかの休日を利用して、片方がそれに合わせて、休暇願いを出して行けば、病院側にも看護婦たちにも、感づかれないでしょうから、そうしましょう。良かったわぁ。その後のことは採用が決定してからにしましょうね。早速近いうちに二人で面接に行くことを、連絡しておくね」

「よろしくお願いします」

渡部先輩は仙台の友人に連絡を取り、朝子の休日に合わせて休暇願いを提出し、三月八日の吉日に仙台に向かった。

渡部先輩の友人勝田さんは、この病院の副主任をしており、笑顔で二人を迎え入れてくれた。

院長先生の時間に合わせて、午後面接となり、勝田副主任の案内で、病院内を見学して回り、院内食堂で昼食をご馳走になり、午後二時も回ったころ、院長との面接になった。岩井院長は、笑顔で迎えてくれて、人事課長も同席で面接となった。

院長は二人の履歴書に一応目を通し、二、三の質問があったが、とんとん拍子に採用された。人事課長も、「いつの日からこちらに来られるか、はっきり分かったら連絡下さい。それまでに住む部屋を探しておきましょう」と約束してくれた。勝田副主任も喜んで、「待っているからね。よろしく……」と握手を求め、堅い友情と信頼が生まれた。

外来待合室まで二人は戻って来た。

「朝一さん、採用になったけど、大丈夫？　こちらに来られる？……こんなに早々に採用されて、いつこっちの病院に移ったらいいだろう？」

「そうですね……安田病院のほうにも二人一緒に退職となると、看護婦を補充する暇もなくなるのでは、病院側でも困るでしょうから、どちらかが少しずらして、退職願い出しましょうか？」

「そうしなければならないね。私が帰るとすぐに提出するから、あなたは、私と関係ない振りをして、少し間をおいて提出して……」

「そうします。私が十日以上間をおいてから、提出しましょう」

「そうね、それでいいね。決まったね」

汽車の時刻もあり、勝田副主任に、

「こちらに来られる日が決まり次第、連絡する」旨を伝え、仙台駅まで歩いた。

仙台市内も戦時中、空爆による被害に遭ったので、東京ほどではないが、何箇所かにまだ瓦礫が残されてあった。

仙山線に乗り山形に向かった。

この当時の仙山線は、ジーゼル機関車を使っており、途中の峠に差し掛かると、一旦汽車をバックさせて、反動をつけて一気に坂を駆け登るようになっていた。また単線だったので、反対側から来る汽車に、途中で線路を譲るような形をとっており、一時間もその場で待たされていた。少々不便さを感じさせられる路線だった。

だいぶ暗くなってから山形駅に到着し、渡部先輩とも別れて朝子は家に向かった。

両親に、仙台の病院での採用を報告し、今月中に仙台に行くことになる旨を知らせた。

「んだが《そうか》ぁー、んでも友達と一緒だがら心配はないげんども、便りだけはまめに寄越してけろ《くれ》よなぁ」

「うん、そうするがらぁ、近いんだがらいつでもここさ来られる処だがら、ね……」

渡部看護婦は安田外科病院に、十五日付けで退職願いを提出し、その翌日、朝子が二十五日付けで退職願いを提出した。思っていた通り病院側では、二人も続けて退職することに、いろんな憶測が出たが、渡部先輩も朝子の心も仙台に飛んでおり、いろんな情報にも「そうなのよ」とか「そんなことないわよ」とか「家庭の事情なのよ」などとかわしていた。

昭和二十五年、山本富士子がミス日本の栄誉に輝いた。

このような催しがされるということは、それだけ日本が平和になったという証《あかし》である。

朝子が小学校高学年になって、身長が姉を越した時（昭和十二年）に、父が、「お前はミスコンクールに出られるようになるんでないがぁー」と言っていたことがあった。朝子は何のことを言われているのか、意味が分からなかったし、この当時はテレビも無かった時代で、一般的には知られていなかったので、小学生の朝子は知る由もなかった。

ところが、高等科に進むにしたがって、朝子の身長はまた伸びた。が、それと同時にブスになって、さらにブスさが増してゆき、高等科に進学した頃には、母親に似ずに父親のほうに似た朝子になってしまった。それ以後父親はあきらめたように、コンテストの話はしなくなったが、戦争が激しくなりつつあったので、日本の話題の中からも、コンテストの話は消えて行ったようである。

初めて父の口からコンテストという言葉を耳にした時、分からなかったので、そのままになっていたが、この昭和二十五年の山本富士子のミス日本のニュースを聞いた時、朝子は、「あぁコンテストって、このことだったのかぁ」と思った。

それにしても父はあんな昔から、そのようなことをよく知っていたものと感心した。父は新聞は毎日隅から隅まで読んでおり、東京などにも時折り出張していたので、情報が入っていたものと思われた。

再出発点・仙台

二十五日、渡部先輩と朝子の送別会が、安田病院主催で、病院近くの料理屋で行なわれた。その同じ日に、渡部先輩の許に、仙台の岩井救急指定病院の人事課長から、『部屋を確保出来た。大きな家の一部屋八畳間だが、どうだろうか?』という知らせがあった。渡部先輩は、夜も遅くなったにも拘わらず、朝子の家まで来てくれて、

「ねぇ朝一さんどうだろう?……私、明日夜勤に入るんで、あなたともゆっくり話もできないんで、駆け付けて来たんだけど……」

「私、荷物といっても少しばかりの着替えだけだけど、先輩の荷物多いんでしょう?」

「私も最小限度にするから、それから徐々にすることにしようか?……まだ少しは日にちもあるから、夜勤の間に考えておくね。あなたも考えておいて……ね。じゃぁね」

話はスムーズに運び、三月末、渡部先輩と朝子は仙台に向かった。

岩井救急指定病院には、仙台駅から錦町まで市電で十分と掛からない場所で、朝子たちの間借りする北二番丁の家は、病院からバスで遠くない処にあった。大家さんの柴田おばぁちゃんも、

「親許から離れて、女の人も仕事するなんて、偉いんだなぁー。まぁ自分の家だと思って使っていいがらぁ。だげんど、別の人も所帯持って夫婦で住んでいる人もいるがら、仲良くしてなっすー」

と迎えてくれて、人の良さそうな大家さんだった。

ひとまず落ち着くことになり、勤務は翌月一日からとなった。

救急指定病院の名の通り、予約なしに患者が搬送されて来る。自動車事故あり、お年寄りなどは家の中での転倒による骨折あり、火傷あり、子供などは学校や公園での怪我や、骨折など……中には目を覆いたくなるような怪我もあり、この病院に来てからも、朝子は手術になると器械取りに当てられていた。

一つの手術が済むと、器械の消毒が済まないうちに、次の患者が搬送されて来たりする。〈ほんとうにこれでは手が足りないはずだわ……仕事はひっきりなしなので、張り合いがある病院だわ〉

「朝一さん、器械取り素晴らしいじゃないの。随分慣れているようね」

後ろから川岸主任に声をかけられた。

「あら主任さん、この調子でいいですか？　私どういうわけか、学生の時から手術になると、器械取りをやっていたんです。それで山形の安田病院でも器械取りしてましたし、外科と産婦人科の違いはあっても、器械の名称も全国同じですし、手順も変わりないのでやりやすいです」

「まだ来たばかりだから、夜勤はもう少し経ってからと考えていたんだけど、朝一さんは夜勤は、どの程度からと考えてましたか？」

「そうですねぇ、借りている部屋の、自分の荷物が片付き次第、いつでもいいですが」

「そうですか。渡部さんと一緒でしたよね」

「はい、渡部さんの荷物が多いんで、まだ時間がかかるでしょうが、私のは少ないですから、あと一日もあったら片付きますから」

「そうですか。渡部さんにも相談してみますが、夜勤のことはそれからにお願いしましょうかね」

日勤明けての帰り道、朝子は渡部先輩と一緒にバスに乗った。

「ねぇ渡部さん、川岸主任から夜勤のことで、話ありましたか？」

「うぅん何も、聞いてないけど」

「そうですか。今日主任が来てね、夜勤いつ頃からできそうかって、そんな感じの聞き方だったのよ」

「それで朝一さんは、何と答えたの？」

「渡部さんは荷物の整理がまだ完全でないけど、私は少ないから、もう一日くらいしたら片付くからって言ったわ」

「そうなの。まぁ病院内はあまり大きくないから大丈夫だし、夜勤になったら、互いにすれ違いになるでしょうね。部屋が二人で一つだけど、食事などもそんな場合、交替で作ったりしましょうね。それで今日は何を作ろうかね」

「そうですねぇ。一つ手前でバス降りて、買物して行きませんか？　住んでいる近くにお店があったらいいんだけど、でもバス停一つくらいだから、どうですか？」

「そうね、そうしましょう。買物の清算はどうしましょうね。私たち初めて人並みに女二人で所帯を持ったばかりで、まだそんな細かいことまで相談してなかったわね。どうしたらいいと思う、朝一さん？」

「そうですねぇ、こんなのどうでしょう……めいめいに出納帳のようなノートを持って、二人分の買物をした時だけ、自分の財布から出した金額をつけて、家賃・光熱費なども割り勘にして、給料日に清算なんていうことは？……」

「自分一人だけの時は、そのノート使わないようにするのよね」

「それもややっこしいかなぁー。もっといいアイデアないかしらねぇー」

「でも一応、それでやってみましょうよ。それからまた別のアイデアがあったら、それから替えてもいいことだし……ね」

そうと決まって、二人してノートを購入した。

「何か、本格的な所帯持ちの予行練習みたいねウフフフフフ、そう思わない？」

「何かそんな感じね、フフフフフ」

夕食といっても簡単な物しか作れず、それでも二人は満足し、順調な生活ができるようになった。

約二週間が経って、夜勤が開始された。

朝子はこの病院に勤務してから、仕事も自分で選んだ好きな道なので、これといって辛さは感じず、夜勤も苦にならずスムーズに日が過ぎて二年の歳月になっていた。

世の中の人々が、日曜日や祭日・正月の休みなどの日も、夜勤あり日勤ありで、交替に休みを取ることも、特に羨ましいとかの考えもなく、むしろ同僚の中で所帯を持って子供さんを抱えている人たちや、都合のある人の勤務を交替してやったりで、独身の身軽さから、同僚たちから重宝されていた。

翌日から新しい月の勤務表の発表があり、二日もの連休が載っていた。

〈そうだ……このような連休を利用して、たまに母親の顔でも見に行くのもいいけど、しばらく東京にも行ってないから、東京に行ってみようかなぁー。どんなに東京変わったかなぁ。行ってみたい……〉

朝子はその日の日勤の仕事を終えて、渡部先輩と家路に着くと、

「渡部さん、私明日から二日も休みなの。それでしばらく東京に行ってないんで、行ってみようかなぁーと思ってるのぉ」

「あら、お母さんのところでなくていいの?……たまにお母さんの顔見てくるのも、親孝行のうちに入るのよ」

「私も最初はそう思ったんですけど、でも山形には日帰りだって行こうとしたら、行かれる距離だし、二日も続けての休みなんてめったにないから、こんなチャンスに行ってみたいの」

「あんたはいいわねぇー、ひょこひょこ一人で東京歩けるんだからぁー……」

「でもね、終戦後どんなに変わってしまったか、本当に一人で歩けるかわからないのよ。しばらく行ってなかったから……」

「でも二日も休みなんて、どうしたの？……自分で希望したの？」

「いいえ別に……今月になったら、勤務表についてたのよ。休まずにずーと勤務していたからなんでしょうねぇ……きっとね」

この当時は週六日一日八時間勤務体制だった。

「一生懸命働いたご褒美かな？　きっとね……それで伯母さん捜しするの？」

「伯母捜しもしたいんだけど、東京に行ったらすぐに、伯父さんとこに行ってはみますけど、捜すといっても、もう何年も経っているんで、どこを捜していいのか皆目見当もつかなくなってるしねぇ」

朝子は伯母から貰った時計に目を移した。

「あら、もうこんな時間だわ。とにかく明日早い時間に出掛けます。お願いします、先輩」

渡部先輩は、笑顔で朝子を見ていた。心の中できっと、〈いったん言い出したら、後に引かない朝子なんだから、行ってらっしゃい〉と言っていたような気がした。

翌朝、目が醒めるとすぐ、出掛ける支度をし、渡部先輩に「行って来ます」と声を掛けると、足はもう外に出ていた。

東京は、朝子が想像していたより、空爆で消失した家屋の復興は進んでいなく、まだバラック建てのままの家もあれば、全く手がつけられていなくて、瓦礫のままの地所のところもあった。交通機関だけは、昔通りまでには至っていないが、何とか電車も走っており、乗り継いで伯父が身を寄せている滝野川の義蔵叔父宅までたどり着いた。

お静も留守のようで、人の気配がなく声を掛けてみたが物音もせず、家の中を覗いてみると、義蔵叔父の奥さんの菊江が、昼寝していたらしく起きて来た。

「あーら、朝子ちゃんでないのぉー。よく来てくれたねぇ。散らかし放しだけど上がってぇ、今、お茶入れるね」

「浅草の伯父さんとお静さんは、元気でおりますか?」

お茶を入れながら、菊江叔母は、

「まぁ元気ではおりますけどねぇ、達蔵伯父も、おしまさんの消息が未だわからないままなので、ここんとこすっかり老けてしまってねぇー、活気がなくなってしまいましたよ。浅草の跡地の家の建て直しも、どうなるのかねぇー。話だけで手が着けられずにいるようですよ」

「そうなんですかぁ。浅草の伯母さん結局、わからず仕舞なんですね?」

「去年の三月十日、七回忌だったんだけど、お骨もないので、代わりにおしまさんの数珠を納めたんですよ」

「そうだったんですか。浅草の伯母さん可哀相でしたね……叔母さん、私これから回るところがありますので、浅草の伯父さん、義蔵叔父さん、お静さんに、よろしくお伝え下さい。また都合をみて来ます」

「朝子ちゃんは、仙台の病院で働いていると、聞いてるけど」

「はい、友だちと仙台に移って、もう二年になりました」

「もう立派な看護婦さんですね」

「立派ではないですけど、一応慣れましたので、仕事楽しいです。では……」

「さよなら、何もお構いできなくてぇ、気を付けてね」


朝子はその足で、浅草の伯母宅の跡地と、『高瀬』の家の跡地を見に行った。どちらの家の跡地も当時のままで、手がつけられていなかった。住む人影も見当らず、辺りの家々はバラック建てが増えて、生活している人影はあっても、藤崎家と『高瀬』の様子は変わらぬままだった。

〈物資の少ない日本だった上に、戦争で焼け出されてしまい、復興までには相当な時間がかかるんでしょうね。逃げ延びられた家族の今後は苦難でしょうね。だけど家族全員が空爆で亡くなっている人たちの、家の跡地はどうなるんだろう?……〉

このような状況の東京では、宿泊する旅館も見付けられない。

〈仙台に帰ろう。汽車の中で仮眠をとればいいから……今日も何の収穫もなかった〉

東京に来る度に、朝子の心は虚しさだけが積み重なっていた。

上野駅に着き時刻表を見ると、間もなく発車する汽車に乗ることができ、朝子は仙台に向かった。

一人旅の気楽さから、目をつぶって気ままな思い出に耽っていると、「一人ですか？」と声がしたので目を開けてみると、見知らぬ男性が、いつの間にか朝子の前の座席に座っており、朝子に話し掛けていた。

「私ですか？　一人ですが……何か」

「俺も一人なんで、話し相手になってくれたらと思って、声を掛けたんだぁ」

朝子は少し仮眠をとりたいと思って、目をつぶっていたのに、突然の闖入《ちんにゅう》者に朝子は笑顔もなかった。

「仙台まで行くのがっすぅ」

「はいそうですが、……何か」

「俺も仙台さ戻るどごなんだぁ。仙台の人だがっすぅ？」

「仙台に職場があるだけで、出身地は違いますが」

「どごだっすぅ、出身地は？」

「どうしてですかぁ？」

「俺の職場も仙台市さ在るんだげんども、今日は用事で東京まで行って来ての、帰りなんだっすぅ」

「そうですか」

朝子は素っ気なく答えたつもりだったが、その男性はなおも話を続けた。

「俺は山形の出身で市村と言います。父は仏壇造りの下請けの仕事をしているんだげんども、一番上の兄はちっちゃい時がら、病気ばかりしていで、二番目の兄は材木関係の仕事してるんだっすぅ。俺は三番目の二十五歳です」

朝子は何も聞いていないのに、この市村と名乗る男性は、一人で自己紹介までしている。

〈何か私の境遇と似ている。私の出身地も山形市だし、私の父親の仕事も仏壇関係だし、何かこの人は、私の家のことを知っていて、私に近付いて来たのかしら……。それに職場も仙台だと言っていたし……、こんなことまで話し掛けてくる男性は初めてだわ〉

「差し支えながったら、名前聞がせでもらえないがっすぅ」

〈今度は名前まで……、でもこの人は先程自分を名乗っていたので、名前くらいなら……でもどうして?……〉

そう思ったが、「朝一朝子です」と答えると、

「年、いくつだっすぅ」

〈畳みかけるように、今度は年齢まで聞いている。何のために……どうして?……でもこの人とはこの場限りだろうから……〉

「二十四歳ですが……何か?……」

眠気も醒めてしまって、退屈せずに仙台まで到着したが、でも気にかかる男性だった。

異性との会話もお付き合いの方法も、全く経験の少ない朝子だったので、特に気にしないようにしようと、心に決めた。

仙台の空も白みかかってきた。

〈渡部さん、今日の勤務は何だろう。早く帰って起こすことになってしまうのかなぁー〉

朝子は勝手口から入って、まだ就寝中の様子の渡部先輩のために、朝食作りを始めた。約一時間経っても、まだ渡部先輩が起きてこないので、朝子一人で台所で朝食を食べていると、渡部先輩がようやく起きて来た。

「あらっ、朝一さん帰ってたの？　早かったのね」

「先輩お早ようございます。東京で泊まるところも探せなかったんで、夜行で帰ってきました」

「あらそうぉ。私も朝ご飯食べようかなぁ。それで東京はどうだったの？」

朝子は先輩のご飯をよそいながら、昨年伯母の七回忌を済ませたことや、これ以上伯母の捜索を続けても無理と判断して法要を行なったこと、戦後七年も経つのに、まだまだ東京は復興していないこと、伯父も逢うたびに活気を失っていることを話した。

「先輩、今日の勤務は？」

「日勤の深夜入りなのよ」

「じゃぁ私、これから一眠りしてから、先輩のために夕食作って、待ってますね」

渡部先輩は朝食を済ませて身仕度をすると、病院に出掛けてしまった。

朝子は朝食の後片付けを済ませると、夜行列車での不眠もあって、〈夜勤して寝ないで仕事するのは慣れているけど、汽車の中での夜更かしは、これで二回目だわ〉と、布団に潜り込むと、早々に心地よい眠りについた。

翌日から病院での勤務が待っていた。渡部先輩とは、すれ違い勤務が多かったが、そのようなことはいっこうに気にならず、女同士の気楽な生活が保たれていた。

母親から手紙が届いていた。

『どのような生活をしているのか。最近さっぱり帰って来ないけど、元気なのか？　親が元気なうちに結婚してもらいたい。休みの日に帰って来て……』

というものだった。

〈私はまだ二十四歳なのに、渡部先輩だってまだ結婚してないのに、どうして……そんなに親というものは心配なのかなぁー。いくら遠くに離れているといっても、外国ではないんだし、何時間もかからずに来られる距離にいるのに。明治生まれの親は女の幸せは結婚ということに、こだわり続けているようだ。でも今の世の中は自由で、女性も男性に負けないくらいに独立しているのに、母親の頭の中を、それに切り替えることは不可能なのかもしれない。両親を安心させるために、母親の言っているように、ここいら辺で結婚するべきなのかなぁー〉

夜勤明けで手紙を読み終えた朝子は、布団の中に入ってもなお考え続けていた。が、夜勤の寝不足で疲れもあって、いつの間にか寝入ってしまい、夕方渡部先輩が日勤を終えて帰って来たので、目が醒めた。

「お帰りなさい」

「あら、起こしてしまったぁ？」

「うぅん大丈夫よ。充分寝たから、今起きようとしていたのよ」

「そうなの。これから夕食の支度するからね」

朝子が夜行列車で、東京から戻って来てから、一カ月も少し過ぎたころに、その列車内で一緒になった男性から、手紙が届いた。

〈私あの時、ここの住所まで教えなかったのに、どこかで調べたのかしら……〉

封を切って読んでみる。その内容は、先日の夜行列車での、帰りの旅は楽しかったこと。いろいろ質問して失礼したこと。会社の休日には山形の実家に戻るので、あの時の話を家族にしたら、朝一さんの実家も山形なのが判明したこと。それに父親同士の仕事が同じであったこと。などなど……。

そんな偶然がいくつもあったので、知人を頼って失礼とは思ったが、調べさせてもらいましたという。

お互い独身なれば、仙台にてお付き合いさせてもらいたい、といったことだった。

〈まぁ、何ということなんだろう。いろんなことまですっかり調べているわぁー。だけど男女のきっかけなんて、こんなことから始まるものなのかなぁー〉

朝子はあきれて茫然として読んでいた。

〈渡部先輩にも相談したほうがいいものか？　だけどまだ本格的にお付き合いをする訳でもないので、このまま放っといて置こう〉

この手紙のことはそれ以来、そのままにしておいた。

それから一週間ばかり経ったころに、今度は母親すみの友達でもある、仲人業をしているお仲から、手紙が届いた。

『市村さんの三男の正人さんから話を聞きました。市村さんの家は仏壇の下請け業をしており、朝子さんの父さんも知っておりまして、正人さんからぜひ結婚を前提にして、お付き合いさせてもらいたいとの申し込みです。

それにお互い仙台に住んでいるので、お付き合いをするにも好都合ではないかと思っており、朝子さんの母さんも、その話を勧めてくれと言っておりますが、朝子さんの気持ちを聞かせて下さい。

なお、そちらの仕事の都合の良い日に、お伺いして話を進めたいと思っております。ご返事下さいますように』

という内容だった。

〈私の家まで行っていたの……たった一回きり逢ってないのに、こんなに本格的な話まで進めて……両親も承知している？〉

朝子はこの手紙に対しても、まだ返事も出さずにそのままにしてあった。

何日経っても朝子は返事を出さないままだった。が、市村正人は本気だった。

そんなある日曜日、渡部先輩も朝子も揃って日勤だったので、病院で勤務していたところ、受付の女事務員から電話が入った。

「朝一さんに、面会の方が見えてます」

〈私に面会なんて、初めてだけど誰だろう〉

外来の患者さん待合室に行ってみると、そこに母親すみと仲人のお仲が待っていた。

「あら、母ちゃんどうしたの？」

「どうしたも何もないべぇ、お前ったらぁー。あっ、お仲さんだよ、挨拶してぇ」

「朝子です。いろいろお世話さまになってます。また今日は何か？」

母とお仲を外来の長椅子に座らせる。

「この間の、お仲さんからの手紙、届いてるべぇー、なして返事くれないんだぁー」

「そんなに私に結婚させたいの？……私今の仕事面白いから、結婚なんてしたぐないんだげんどおー」

「ほだなごど《（そんなこと）》ばがり言ってぇー、女は潮時《しおどき》ということがあるんだがら、縁があった時に、片付くのが一番なんだがらぁなぁー」

じれったくなったのか、お仲が傍から、

「朝子ちゃん、何か市村さんに不都合でもあるのがっすー」

「私、まだ一回っきり逢ったことがないのよね。それに結婚を前提にしての付き合いをしたいなんて、早過ぎるとは思いませんか？　私、さっきも言ったけど、結婚生活に縛られることって、好きじゃぁないんですよね」

「すぐに結婚っていうわけではないんだっすー。一応決めておいてから、何カ月かお付き合いをしてからで、いいんだっすー。なんたべなっすー《どうでしょうか》。今すぐ返事でなくていいんだがら、お付き合いするごどだけでも、返事もらえたらいいんだげんどもっすー」

「私も今日は、日曜日で看護婦が少なくて、忙しいから、そのうちに返事出しますから」

傍から母親が、朝子の白衣姿を初めて見て、

「お前、なかなか白衣姿も似合ってるんでないがぁ。母ちゃん初めて見たげんども、いいなぁ。北二番丁の家さ行ってみだら、大家さんが今日は二人して出掛けたって教えてくれだがら、こっちさ来てみたのよぉー」

「私たち日曜日でも、祭日でも仕事があるから、普通の会社員みだいな勤務じゃないのよ」

「それは山形にいた時がら、知っているがらぁ」

「忙しそうだがら、じゃぁ朝子ちゃん、返事待ってるがらなぁ。よろしくお願いします」

とお仲も朝子の仕事を理解してくれたようだった。

「どうも済みませんでした。遠いところをどうも有りがとうございました。気をつけてね」

母とお仲が帰った後、

〈ここまで押し掛けて来られるとは、思ってもなかったわー〉

朝子は大きな溜め息が出てしまった。それを見付けた渡部先輩が、

「あら、溜め息なんかついて、どうしたの？」

「うん、ちょっとね……」

朝子は渡部先輩に返事ができなかった。日勤を終えて渡部先輩と一緒に帰る道々、朝子は言っ

た。

「私、今日深夜入りなんです。簡単に夕食して早く休みましょうね、先輩」

「朝一さんどうかしたの？……早く寝るのは深夜入りだからいいけど」

夕食が済んで、深夜入りまでの仮眠を取ろうと布団に入ったが、朝子は悩んで眠れなかった。

二十三時三十分、病院の勤務室での申し送りを済ませて、深夜入りとなった。

深夜帯は大きな怪我の患者さんも入らず、入院患者さんも、点滴の交換くらいで、穏やかな夜勤になっていた。

午前九時半も過ぎて、日勤者への申し継ぎも終了し、帰ろうとしていた時、病院に緊急電話が入った。交通事故による患者さんが搬送されるとのことだった。

帰りかけていた朝子たちのところに、川岸主任が更衣室まで来て、

「朝一さん、疲れているところを悪いけど、一時間ばかり残ってもらえないかしら。今、急患が搬送されて来るでしょう。どの程度の患者さんかまだわからないし、それに今日は日勤のスタッフが少ないんで、どうかしら……」

「あぁそうですか。私は構いませんので、残りましょう」

「悪いわねぇ。助かるわぁ、有りがとう」

間もなく搬送されて来た患者は、種々検査の結果、右大腿部の単純骨折だけで、手術することなく、ギプス固定の処置で済むことになった。

〔この当時は、ギプスも全部看護婦が手作りで作っていた。長くて太い特別な包帯に水を含ませ

たギプスの粉状のものを、手の平でその包帯に押しつけながら延ばしていく。この当時ゴム手袋などは無かったので、全部手の平を使った。一巻き作りあげると手の平の皮膚がすりむけそうに真っ赤になったものである〕

今朝の緊急患者さんは、比較的軽いほうだったので、朝子は午前中に帰宅できた。

深夜明けの時は、帰宅すると渡部先輩が準備してくれた遅い朝食を食べると、洗面もそこそこに死んだように熟睡してしまう。こんな日の昼食は摂らずに夕方まで眠ってしまう。

でも朝子は、この仕事が好きだった。

単純な事務の仕事の、毎日の決まり切った時間帯で、朝出勤したら夕方になると一斉に判を押したように帰宅するよりも、朝子たちの仕事は、日勤あり、深夜勤務あり、準夜勤務あり、ウィークデーに休日があるので好きな仕事だった。

〈でも、もしも結婚したとしたら、相手によっては日曜日に休んでくれ、などとなるのでは？……そして子供が生まれて、幼稚園や学校に通うようになったら、子供と一緒に日曜日が休みのほうがいいんだろうなぁー〉

市村正人のほうには、仲人のお仲さんから連絡が入っていたが、朝子は考えあぐんで、まだ母親にもお仲さんにも返事を出さずにいた。

そんな日々を過ごしていると、日曜日に市村正人の訪問を受けた。驚いた朝子は急いで布団を片付けると身仕度をし、出掛ける準備をした。

渡部先輩は病院に勤務していて朝子一人だったが、市村を部屋に上げることは避け、外に一緒に出掛けた。市村は、「今日は仕事休みですか？」

「はい、ちょうど休みでした。どこかの喫茶店にでも行きましょうか？」

東一番丁の手ごろな喫茶店に入り、二人してコーヒーを注文した。

「この前、頂いた手紙にも、まだ返事出してないで、済みませんでした」

「あぁ、いいですよ。なかなか忙しいようですから、それにこうして今日は一緒することができたんですから。でも日曜日なんかも勤務があるようですね」

「病院ですから、三百六十五日、私たちは一日三交代で、勤務していなければならないんです」

「看護婦さんって、ハードな仕事なんですね。我々が病院内の勤務状態のことは、あまり知らなかったけど、夜勤もしているんですね」

「夜勤をする人が少ないんで、所帯を持っている人などの夜勤を交代してやったり、やりくりしてるんですよ」

「それでは体が持たないんでは……」

「そのような勤務体制が私に合っているみたいで、好きなんです」

「もしも結婚したとしても、夜勤は続けるんですか？」

「そうですね。きっと続けるでしょうね」

「この前の手紙の返事なんですが、お付き合いはしてもらえるでしょうか？　どうですか？」

「私、まだ結婚は考えてないので、結婚の話だったら別ですが、お付き合いだけだったら……こうして喫茶店とか、映画を観に行くとかの程度でしたら……」

「そうですか。お付き合いだけでいいんですよ。俺も会社の寮生活が長いんで、そろそろ所帯を持ちたい考えはあるんですが……そのうちに結婚も考えていて下さい」

「私、今の仕事が好きなんです。それで所帯を持つと、お互いちぐはぐな生活になるんで、きっと迷惑になると思いますよ」

「いや、いつまでも待ってますから」

「私今日、夕食を作る当番なんで、買物もしなければならないんで、そろそろ帰らなきゃなりませんから」

「そうですか。今度はいつ逢ってもらえますか？　勤務が違うんで日曜日が休みに当たっている日を教えて下さい」

「今は勤務表持ってないんで、そのうちに手紙で知らせますから」

「じゃぁ、待ってますから」

朝子は市村と別れた後、バスに乗って帰宅する途中に買物を済ませた。

〈男と女の出会いなんてものは、こんなことから始まるのかなぁー。でもまだ結婚はしたくないなぁ。母や姉が子育てをしながら働いている姿を見るたびに、結婚って大変なんだとわかるもの……〉

そんなことを考えながら、夕食を作っていた。

母親に、しばらく振りで手紙を書いた。

『市村さんと、初めて付き合って喫茶店に行ったこと。でも結婚はまだ考えてないこと。仲人のお仲さんにも、よろしく伝えて下さい』

母親の期待通りの返事にはなっていなかった。

その後も市村との付き合いは、映画館だったり喫茶店だったりが続いていた。

夏になると、松島やのびるの海岸での海水浴になった。だが、朝子は依然として『水恐怖症』で泳ぐことができなかった。が、浜辺での水遊び程度でも楽しく過ごした。この頃、仙台ではダンスホールがたくさんできて、アメリカ兵も大勢一緒に踊っていた。朝子たちも好奇心からダンスを習い、市村と一緒に踊ったりするまでになっていた。

初めて男性と向かい合って、異性の手と合わせて踊った時は、異性の手の感触に思わず尻込みしたい感じだったが、度重なるごとに慣れてくるもので、朝子は自分の心境の変化に驚いてしまった。

仕事の合間に、夕方からダンスホールに出掛ける朝子を見て、渡部先輩は、

「朝一さん、最近ちょっと変わったんでないの？　ダンスホールに行くなんてぇ、何かあったの？」

「渡部さんも一緒に行きましょうよ。ダンスも覚えると楽しいわよ。行きましょうよ」

渡部先輩の心配してくれるのは、有りがたかった。

〈渡部さんご免なさい。本音をまだ打ち明けられないので、私が悪い道に行っているのではない

か？……と心配してくれているのはわかります。そのうちにはっきりしたら、打ち明けますので、それまでご免なさい〉

その晩も、市村さんと打ち合せして、ダンスホールに行ってしばらく踊っていると、一人のアメリカ兵士が朝子の傍に来て、何も言わずに朝子の腕をぐいぐい引っ張って、ホールの真ん中に連れて行き踊り始めた。

〈なーんだ、この兵隊さん踊りの相手が欲しかったんだぁー〉

と思っていると、その兵士の傍に市村正人が来て、朝子と兵士の腕を離そうとしている。するとその兵士は大分酔っていたらしく、凄い形相になって、市村につっかかって行こうとしていたので、「この男性は、私のボーイフレンドである」と説明したが聞き入れず、なおも執拗《しつよう》に市村に向かって行く。

朝子は「市村さん外に出て、私もすぐに行くから」と促して外に出て事無きを得た。後日に聴いた話であるが、その兵士はやはり酔っていて、誰彼の見境いもないほどだったらしく、市村のジャケットと似たようなジャケットを着ていた他の男性をつかまえて、皆から止められていたということだった。

この時、朝子は〈市村さんは、ほんとうに本気で私との結婚を考えているようだわぁ。そうでもなかったら、あんな危険な場合、手を出さないもの〉と感じた。

朝子はこの頃になって、自分の心が異性に対して免疫が薄かったのに、自覚し始めるようになっていることに気づいた。

ダンスホールでのことから、約一カ月くらい過ぎた頃に、喫茶店で市村は思い切ったように、「そろそろ結婚してもらえませんか？　それともまだ考えてないですか？」と切り出した。

「そうですねぇ、私ももう年ですし、考えてもいい頃なんで、一度ご両親に合わせて下さい」

「そうですかぁ。それでは俺の両親どごに連絡して、いい日決めでもらいますがら、その日には、休みをとっていて下さいね」

「そうですか。それでは私も両親のところに、そのように連絡して了解をとっておきますから、また市村さんのところに連絡します」

「じゃぁ、棲む家のほうも、そのうちに探すようにしておきますがらぁ」

朝子は、この話で、もう棲む家まで探すというのを聞いて、〈そんなにも急いで、会社の寮を出たいのかしら……それとも一日も早く、結婚を望んでいるのかしら〉と思い、「ウッフフフフフ」とつい笑ってしまった。

「こんなことが、そんなに可笑しいすかぁ？」と聞かれて、朝子も返事のしようがなかった。

「ううん別に」とごまかしてしまった。


話はとんとん拍子に進んだ。朝子の両親からも、こんな手紙が届いた。

『おまえの選んだ人なんだから、自分でいいと思ったから結婚の話にまで進んだのだろう。父ちゃんも特に異存はないと言っている。こっちに来た時に連れてくるようにして、その日には仲人のお仲さんも来てくれるそうだから、そのつもりでいてね。体ばかりは気をつけてな」

九月に入り、朝子の仕事も順調にいっていた。そして渡部先輩との同居生活も、上手《うま》くいっていた。

その月の半ばになった頃に、山形の仲人のお仲さんから、朝子の元に手紙が届いた。

『市村家の両親と、兄弟が揃っている日に、こちらに来て下さい。

九月二十五日が吉日になっていますので、その日を選びました。式の日取りと場所を決めて、二十五日当日こちらで知らせますので、お待ちしてます』

という内容だった。

朝子は前日の二十四日から、職場に休暇願いを提出し、渡部先輩にも話をした。

「近いうちに結婚するかもしれないの。両親の元気なうちに孝行しようかと思ってぇ……同じ山形の人だけど、その人もこの仙台に職場があるんです」

「やっぱりそうだったのね。何か最近あなたの身辺が慌ただしくなったようなんで、もしかしたらぁーと思ってたのよ」

「私、先輩のようにまだ独身でいたかったんですけど、親がうるさく言ってくるもんですからぁ」

「いいじゃないのぉ、そうして心配してくれる親がいるうちはぁ」

「あれそう言えば、先輩のご両親は？　私今まで一緒に生活していて何も聞いてなかったわ」

「私の母親は、私が中学三年の時に亡くなって、父親が再婚してるから、私のことなんか誰も何も心配してくれる人なんて、いないのよ」

と寂しい表情になったので、朝子は慌てて、

「あらご免なさい、私悪いこと聞いてしまってぇ……」

「うぅんいいのよ。別に何とも思ってないから大丈夫よ。それよりも気を付けていってらっしゃい」

「ご免なさい先輩。でも兄弟の方がおられるんでしょう?」

「兄弟も自分のことで精一杯なんでしょうね。たとえ兄弟でも自分以外のことまで、面倒みられないらしいわぁ」

「そうなんですか、済みません、二、三日行ってきます。お願いします」

「はい、行ってらっしゃい」

二十四日、午後の仙山線に乗った。朝子は夜勤明けだったので、揺れ心地のよい汽車に身を任せて、眠ってしまった。

山形駅に着いて、車掌から起こされて驚いて飛び起きて、そそくさと車掌に礼を言うと、実家に向かって急いだ。夕方遅くなって、市村正人が、朝子の実家を尋ねて来てくれた。

「仕事が遅くまでかかってしまって、今着いたところなんです。明日待ってますから」

と上がらずに店先だけで帰って行った。

翌二十五日午後一時頃、朝子は、市村家に仲人と一緒に訪問した。特に着物とかスーツなど持っていなかったので、普段着で行った。

市村家には、父親、母親、長男、次男、祖母、そして三男の正人（正人の仕事は、仙台の某会社の社員食堂の調理師をしている）が揃って待っていてくれた。狭い借家で暮らしていた。

朝子の家と同業者と聞いていたが、下請けなので仏壇の細々と細工してある部品に、トノコを塗ったり、組み合せる物は糊で取り付け、その上から漆を塗る物には漆を塗ったりもするようだった。父親と母親それに長兄の三人で行なっている家内工業だった。

朝子の実家のように仏壇を組み立てたり、金箔を貼ったりすることがなく、仏壇として製造販売はしていなかった。

仲人から、結婚式は十月十七日吉日と決まったとの知らせに、一同特に異存はなく、帰宅することになった。

市村正人も朝子も、翌日には仙台に戻って、いつも通りの仕事に就いていた。

あとがき

私は、現在仕事もリタイアして、静かに過去を振り返ってみて、当時の私は、いくら若く好奇心が旺盛だったとしても、激動の中を一度きりない青春時代の三年間を、ただ夢中で駆け抜けて来たようになってしまった事に、悔いは全くなく、むしろ貴重な体験をしたと、こうして感慨深くして書いている。

現代のように民間人の生活の中に、通信機器が発達してなかった時代である。商売をしてお店を持っていた家には電話機が在ったが、それは商売用にしか使わなかった。

裕福な家庭は別として普通一般家庭では、時間の掛かる手紙だけだったが、当時はそれが当たり前であったので、特に不自由さを感じることなく、その手紙などは大切に保管していれば、何年でも色あせても残っていて、想わぬ処で昔の懐かしさを、再発見できたものであった。

戦後五十年以上経った現在になって、私は七十歳という声を聞いてから、身長は年を重ねる毎に、誰しも避けて通れるものではなく、皆が経験することだが減少していった。現在の若い人たちは遺伝も関係しているだろうが、栄養状態も良くなった上に運動も盛んになったせいもあって、体格の良い人が増えて欧米並みになった。街を歩いても身長に関しては、私は大変至福に感じている。

食料の有無が大いに関係していることが歴然である。

この度、三十年来、夢を持ち続けていたこの文章、自分の生のある内にこの形で後世のために残しておきたかったものである。それまではがむしゃらに働いていたので、その余裕が持てなかった。念願だったものが、ここに、『文芸社』の方々のご協力を得て、活字にして頂き世の中の皆様の目に触れる機会を与えて頂いたことに、心より深く感謝申し上げます。有難うございました。

この作品は、私の体験を元に書き上げたものであるが、登場する人物はすべて仮名に、また女学校や各会社名・各商店名・病院名も仮名を使わせて頂いたもので、実際とは異なっております。また街の名称も実際の地名と異なっております。

二〇〇二年六月吉日

森　朝子

著者プロフィール
森　朝子（もり ともこ）
山形県・山形市出身。
日本赤十字社救護看護婦養成所卒。

残像　65年前の日本の光景

2002年9月15日　初版第1刷発行

著　者　森 朝子
発行者　瓜谷 綱延
発行所　株式会社 文芸社
〒160-0022　東京都新宿区新宿1-10-1
電話　03-5369-3060（編集）
03-5369-2299（販売）
振替　00190-8-728265
印刷所　図書印刷株式会社

ISBN4-8355-4410-2 C0093